NF文庫
ノンフィクション

特攻隊長のアルバム

B29に体当たりせよ「屠龍」制空隊の記録

白石 良

本書を震天制空隊隊員およびその関係者の方々のみ前に献げます。

序

元飛行第五三戦隊震天制空隊隊長　青木哲郎

長男　青木恒之

「あのように無謀な戦争を、二度と起こしてはならない！」。父哲郎は生前、我々家族に対し機会あるごとそのように語っていました。

学校卒業後召集を受けた哲郎は、終戦まで陸軍の飛行機操縦者として軍隊生活を送っています。当時の思い出については、断片的ではありましたが、家族にもよく話してくれました。Ｂ29を相手にして日本側の戦いが如何に非力であったかということ。敵機から放たれた曳光弾が愛機の眼前を横切る時の恐怖感。特攻部隊十一人の仲間のうち九人までが戦死するというような過酷な状況。等々。

記録魔でもあった父は、従軍当時からの日記や手記・写真などをアルバムなどに整理し、大切に残しています。終戦後はできる限り、自身の戦争体験を周りの方や研究者の方などにも語り、経験した者ならではの生きた歴史を世に伝えるよう努めてきました。

この度、父の資料を調査・検証されてきた白石良氏による労作『特攻隊長のアルバム』が上梓されることになり、父の青春の一時代を再認識する機会を得ることになった我々家族は、無上の喜びとともに深い感慨を覚えております。

一読していただければ、断片的にしか語られてこなかった証言の数々が、白石氏の巧みな編集・解説を経て、時系列的に再構成されているのがお分かりになると思います。青年哲郎が生死紙一重という極限状態の中で、日本人としての誇りと覚悟を胸に抱き、家族や仲間に思いを馳せつつ、日々煩悶し、果敢に決断し行動していった軌跡が、多くの写真や文書の中から鮮明に甦ってまいります。

戦後七十年がたち、戦争を知らない世代が社会の大半を占めるようになった今日、激動の時代の証言に耳を傾け、その思いを次代に語り継いでいく歴史継承の重要性が、一層高まっています。先人達の尊い犠牲と血の滲むような努力とにより平和国家日本の礎が形作られてきたことを、我々は絶対に忘れるべきではありません。

「戦争を二度と起こしてはならない！」。父の思いは、この時代にしてますますその重みを増しているようです。

特攻隊長のアルバム——目次

第三部――資料編　163

特攻隊長のアルバム

――B29に体当たりせよ「屠龍」制空隊の記録

【凡例】

写真右下の（　）内の数字は、何冊目のアルバムであるかということと、その頁数、何番目の写真かを示す。例えば（1―16―1）は、一冊目のアルバムの16頁の1枚目ということである。なお、写真には同一のものや色落ちしたり変色してしまい、何が写っているのかわからなくなってしまったものなどがあるので、二五〇枚すべてが掲載されているわけではない。

四冊のアルバムは、一、二冊目が軍隊生活の合間に作られたもの、三冊目が朝鮮に渡る直前、帰省した際に作られた家族を中心としたもの、四冊目が戦後に整理したものと考えられる。

アルバムのメモ、日記とも原文は漢字カタカナ交じりと漢字ひらがな交じり文が混在している。アルバムのメモはすべて原文のままとしたが、日記に関しては漢字ひらがな交じり文に統一し、漢字は固有名詞を除き通行の字体に直した。なお、いずれも特別な漢字遣いについては振り仮名を付し、句読点は私に補った。

＊印の語句については、後に解説を付した。

第一部——アルバム

1 (4—31)

東部軍映画班ノ撮リシ〝震天隊出動〟中ノ一場面

2 (4—16)

3 (2—19)

イザ出撃——用意万端整ツタ。後ハ酸素マスクヲツケル丈ダ。今日ハ一万米。イサ〻カ寒イゾ。
無線ハヨク聞エル。〝敵ハ八丈島上空。アオキ荒鷲ハミヤコ上空ハシゴ一〇〇。オハリオクレ〟ヨーシ帝都上空デ死花咲カセルゾ。

4　(2—25)

一月二十七日――海外宣伝雑誌〝フロント〟の宣伝寫眞のエキストラーたる我
注文が仲々難しく、〝あちらを向いて下さい〟〝笑つて〟〝目をもつと上方に〟〝ごく自然の儘で〟
戦友大神少尉が、向ふの方でニヤニヤ笑ひながら、〝どうだ貴様、B公にブツカルより難しいだらう。〟

5　(1—02)

入校當日、桶川駅前ニ受付ノ丸山准尉ニ採用通知書ヲ提出スル所。左・丸山准尉　中・山﨑

7　(1—03)

懐シノ中練時代——昭和十八年十月二十日、夢ニ迄見タ赤トンボノ初飛行。

6　(1—06)

8　(1—25)

18.11　故郷ヨリハルバル面会ニ来ル——コノ時ハ既ニ飛行機モ何トカ動カセル。モウ一門《ひとかど》ノ飛行士ノ如ク得意然トシテヰタモノダ。今ニ思ヘバ全ク冷汗モノダ。

9 (1—10)

寝室ガ仝ジ、寝台ガ隣リノ深沢見士——正月四日観兵式参観ノ折、轟々空ヲ圧スル空中艦隊ノ偉容ニ接シ胸ヲトゞロカセタモノダ。

11 (1—16—2)

川口見士

10 (1—16—1)

深沢見士

13 (1—14—2)

鎌田見習士官
(台湾時代ノ戦友)

12 (1—12)

台湾第四十三部隊時代——飛行場ノ周囲ハ総ベテバナナ畑。コノ時代我々ハ戦闘機操縦者ノ礎地ヲ身ニツケ、銀白色ノ九七戦デ大空ヲ乱舞シタノデアツタ。左・青木　右・田中

15 (1—24)

久保少尉(台湾ニ於ケル戦友)。彼ハ特攻隊トナリテ台湾ニ頑張リ居ルトノ事。

14 (1—18—1)

故柴崎少尉(台湾時代ノ戦友)。特攻伊念防空隊員トシテ沖縄作戦ニテ戦死。感状上聞ニ達セリ。

16 (2—55)

あゝ九七戦——曽ては ノモンハンの華と唱はれ支那事変當時も活躍し、我が台湾時代、戦技を練りし思ひ出深き九七戦。

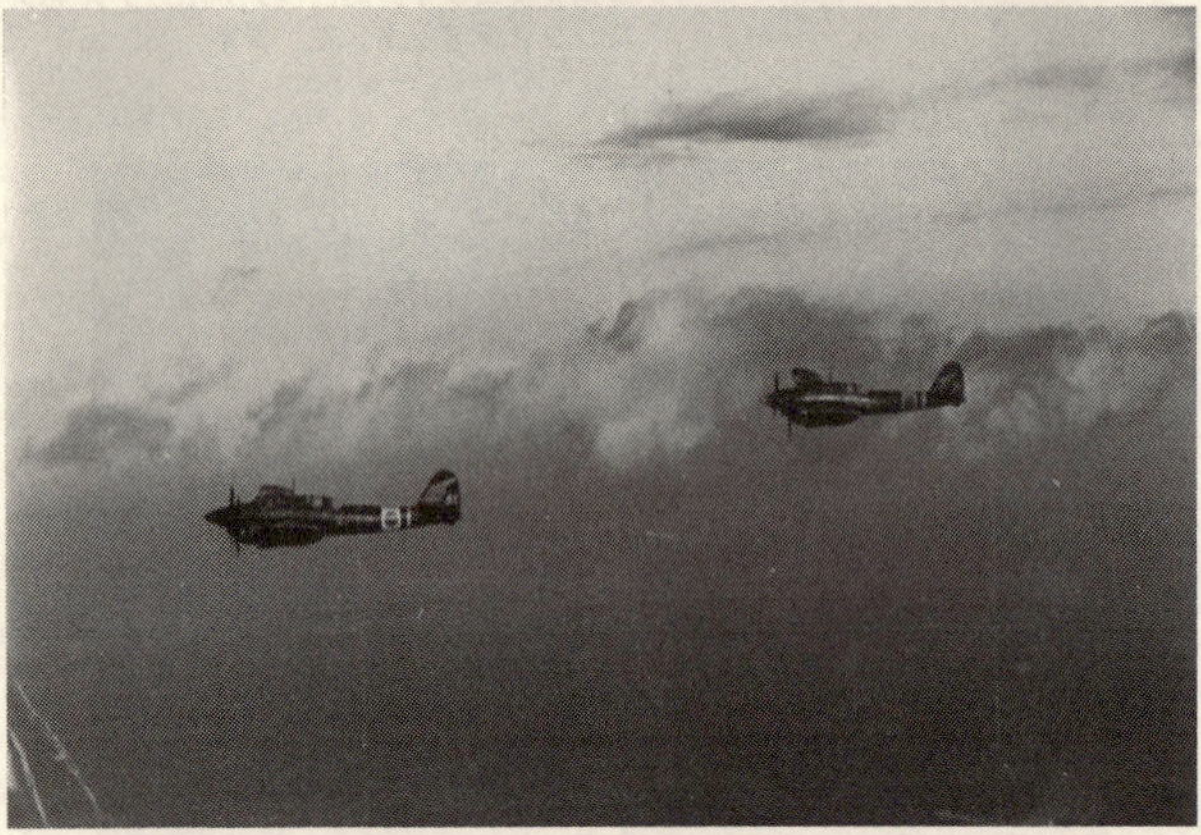

17 (1—09)

「ナイト・ファイター」の名をほしいまゝにし、「ボーイング」をして恐怖のどん底に落し入れたる数々の殊勲に輝く新鋭二式複座戦闘機。
編隊飛行——屠龍の流線美。ニヨキツと出した二つの角がどれ丈の「ボーイング」を地上に叩き落した事か。

18　(4―30)
九九襲撃機未習當時ノ我。故津留大尉寫。

19　(2―15)
九九襲撃機――曽テ兄上ノ愛機トシテ大東亜戦争初期ニ於テ赫々ノ戦果ヲ樹テ、遂ニ被弾シ南溟ニ散華セル忘レ難キ機ナリ。座席廣ク操縦性良好、安定性良好ナリ。

20　(1—17—1)
所澤時代（飛行第五十三戦隊附トナル）

21　(1—17—2)
19.8.31 ——親父、松原先生ト仝伴ニテ所澤基地ヲ尋ヌ。台湾ヨリ一路内地へ、而モ帝都防空戦闘隊附トシテ所沢基地へ赴任シタノガ十九年ノ七月三十一日。夢ニ描イタ新鋭戦闘機ガ鵬翼ニ連ネテ待機シテヰル。副官矢嶋中尉ニ申告シタ時、〝當戦隊ハ夜間任務ヲ有スル本邦唯一ノ夜間戦闘隊ダ。五月二十三日新設シタ僅リデアルガ、既ニ数名ノ犧牲者ヲ出シテヰル。〟ト著任早々カラ嚇シツケラレ、コノ分デハ到底一週間ノ生命ノ保障モデキマイト思ツテヰタガ、案ズルヨリ産ムガ安シ、双発高練デミツチリ腕ヲ練ツタ我々ハ、八月三十一日午后、複戦離著陸ノ初単独飛行ヲ行ツタ。

22 (1—26)

昭和十九年十月一日任官。
任官後ノ初ノ記念寫眞

24 (1—28)

大神祐彦少尉

23 (1—30)

26 (1—27—2)

25 (1—27—1)

苦心サンタン、アラユル角度カラアラユルポーズヲトラセ、遂ニ映シタノガコノ寫眞。腕ハヨカツタンダガ「フイルム」ノセイニシテオク。

27 (1—23)

ズラリ揃ツタ第三飛行隊ノ精鋭。左から松川少尉（57期）、倉内少尉（7期）、故大西少尉（7期）、田民少尉（57期）、奥平少尉（9期）、俺、大神少尉（1期）、故荒少尉（1期）、今井少尉（1期）

28　(4—1)

特別攻撃隊　第一次第三震天隊（千早隊）。

昭和十九年十一月八日夜特別攻撃隊編成サル。

左から二人目から故入山伍長、故今井曹長、大崎軍曹
十一月八日夜、演習ヲ終ヘテ、當時第一飛行隊附ノ俺ハ、戦友今井少尉・藤園少尉等ト食後雑談ニ耽ツテヰタ時、突如「スピーカー」ニテ「青木少尉・今井軍曹・大崎伍長・入山兵長ノ四名、直チニ戦隊長室ニ集合スベシ」トノ命令アリ。俺ハ心中期スル所アツタノデ、〝キツト、アレニ違ヒナイ〟ト思ヒツヽ、四名打揃ツテ戦隊室へ入ツタ。戦隊長、上田大尉ハ既ニ座ニツキ、我等ノ入ルノヲ待ツテヰタ。彼等ノ顔ニハ何カ沈痛ナモノガ漲ツテヰタ。

戦隊長ハ直チニ用件ニ移ツタ。果シテ俺ノ期スル通リ、彼ハ我等ニ向ヒ、イトモインギンニ云ツタ。「既ニ皆知ツテヰル如ク、去ル一日敵ノ初偵察アリ。而モ其後二日置キニヤツテクル。而モ敵ノ高度ハ一万米——残念ナガラ我方ニハ之ヲ邀撃スル丈ノ優秀機ハナイ。而モ近々高々度ヨリスル大空襲アルハ必至、コヽニ於テ我ガ第十飛行師団ハ、帝都防空戦闘隊ノ名ニ於テモ、必ズ敵ヲ墜ス策ヲ考ヘナケレバナラナイ。コノ一万米ノ敵ヲ撃墜スルノニ君達ヲ選ンダ訳ダ。ト云ツテモ、砲ヲ持チ弾ヲ持ツテ上ツタノデハ、到底敵ヨリ上ニ上ル事ハ出来ナイ。ココニ於テ、砲モ弾丸一発持タズ、出来得ル限リ飛行機ノ重量ヲ軽クシ、敵ヨリモ上ニ上リ、體當リヲ以テ必墜スル以外ニハナイ。今更云フ迄モナイガ、君達ハ、先日（十月十六日）特攻隊員ヲ募集シタ時、〝熱望〟ト書イテ呉レタノダ。自分ハ、君達ニ B29 ハ委セル。必墜ノ技ヲ練リ、皇国護持ノ為、死ンデ呉レ。」瞬間ジーント熱イモノガコミ上ゲテキタ。

29　(2—39)
——いざ征かん　打ちてし止まん醜鷲を——

31　(1—18)
藤原少尉——桶川ノ戦友、矢吹教育隊ニテ中練教官。矢吹不時着ノ際。

30

(4—35—2)


出撃——スイツチ、コツク、調整レバー、速度計、脚、フラツプ、□ラン、サボラーダ、各計器、電気系統、酸素、天蓋ヨシ、後方警戒ヨシ、

——出発——

ヤガテ轟々タル爆音ヲ立テ、機ハ滑走スル。五十、百、二百米……。速度計ハ五十、百、百五十粁ト廻リ始メル。機ガ左ニ偏シヨウトスル。右足ガ自ズト動ク。速度百七十粁、各計器共異常ナシ。グツト操縦桿ヲ引ク。フワリト心地ヨイ感触ガスル。アゝモウ浮イタ。高度計ガ十米、二十米トグングン上昇スル。家モ庭モ小山モ川モ、瞬時ニシテ後方ニ没シ去ル。高度計ガ上ル。速度計ガ廻ル。

32 (4—33—1)

第一次震天隊。左から今井伍長、青木、入山兵長、大崎伍長

33 (4—08—2)

左から俺、今井、入山

34 (4—13—4)
〝太刀〟〝千早〟隊時代　故入山伍長

35 (4—04—1)
左から山東、大崎、故入山

36 (1—45—2)
一九・十一某日寫ス。前列左から横山中尉、藤園少尉。後列左から桜井少尉、俺、故植木中尉

37 (1—46—1)
横山中尉

38 (1—19—1)
19.11.18　親父面會ニ来ル。（松戸飛行場）。コレヨリ先11月8日、後ノ「震天隊」、当時「千早隊」ト呼ビシ「ボーイング」特攻編成サレ、連日一萬米ノ高々度デ猛訓練ヲ重ネ、必死必墜ノ體當リヲ研究シツツアツタ。

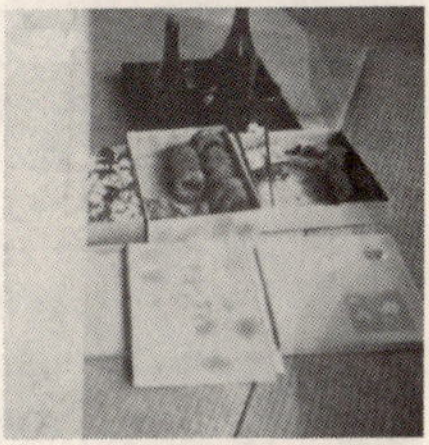

39 (1—19—2)
故郷ノオミヤゲ

當時の編組

入山兵長
青木少尉
今井軍曹
大崎伍長

41　(2―10―1)

十一月二十四日――初ノ帝都大空襲ノ日、我々ニ対シ眞先ニ出動命令ガ下ツタ。我々ノ各個ニ単機ヅツ出発シタ。俺ハ高度九五〇〇米ニテ千葉上空デ待機シテヰタ。ソノ時俺ノ無線ニ伝ハツタアノ悲痛ナル叫ビ。「大﨑敵機発見、下志津上空ハシゴ（高度）九十七（九七〇〇米）、コレヨリ体当リ、コレヨリ体当リ――。」続イテキタニ（部隊対空無線）ヨリ「大﨑、大﨑、コレヨリ体当リスル、諒解、々々。」ト云ツテキタ。ソレキリ大﨑ノ無線ハ全然聞エナクナツテ了ツタ。遂ニヤツタカ――。

42　(4―12)

大﨑軍曹

40　(2―11)

熱血漢大﨑

43　(1—31)

新鋭「屠龍」発表ノ日——数十名ノ記者達ガ朝カラパチリパチリト思ヒ思ヒニ寫シテ行ツタ。(於千葉縣松戸基地)　左・副官矢島中尉　右・故津留大尉(五六期)

44　(4—27)

45 (4—43)

帝都ノ新聞記者数十名ガ来隊ノ際、我ガ特攻隊ヲモ訪問シ、種々感想ヤラ寫眞ヤラヲ撮ツタ。左ハ丁度菅原中尉ガ、高々度試験飛行ノ為、約九〇〇〇米ニテ、鮮カナ航跡雲ヲ残シツヽ飛翔中、新聞記者ガ来タノデ、下カラ連絡ヲトリ、至急著陸スル様命ジタ。小気味ヨイ吟リヲ立テヽ急降下スル菅原機ヲ、一仝注視シテヰル所。後方ニ並ブハ我々ノ愛機。

46 (4—03)

第二次第三震天隊——左から大崎軍曹、故飯岡軍曹、俺、故菅原大尉、故今井曹長、故沢本少尉（當時軍曹、十二月三日體當り二階級特進）、故山田伍長（當時伍長、體當り二階級特進）、故田上伍長

47 (4—22)

第三震天隊——左から大嵜、故飯岡、俺、故澤本、故山田、故田上

48 (4—23)

50 (2—16—2)

左から山田、田上（後）、沢本（前）、飯岡、菅原大尉、青木。
俺ガ一人生キテヰル丈デ、他ハ全部戦死シタ。

49 (2—16—1)

華ヤカナリシ頃――故菅原大尉（當時中尉）ヲ中心ニヒタスラ精進ヲ重ネタ八勇士。ソノ中デ沢本少尉（當時軍曹）ガ最初ニ体當リヲシタ。
左から沢本、大嵜、今井、山東、青木、飯岡、山田

51 (4—11)

53 (4—04—2)

昭和十九年十二月某日。左から故飯岡曹長、故田上軍曹、中田少尉、照沼伍長、故渡辺大尉、俺

52 (1—45—1)

故津留正人大尉（五九期）。一九・七・三十一戦隊著任時ヨリ双練・軍偵・複戦ト良キ教官トシテ常ニ明朗、而モ九州男児ノ熱情アリ。一九・十二・十一夜間邀撃ニテ行方不明ニナラル。

54 (4—05—1)

第三次第三震天隊——左から故飯岡軍曹、故渡辺大尉、（一人あき）、故田上伍長

55 (2—20)

昨日ノ様ナ気ガスル——飯岡ハハニカミ屋、何ガオカシイノカ、恥ズカシソーニ笑ツテヰマス。田上ハイトモ慎重ニ複雑ナ顔ヲシテ前方約一米ノ草原ヲニランデヰマス。渡辺少尉ハ本當ニ嬉シサウ。今日ノ訓練ガ実戦ソノ儘出来タノデキツト嬉シクテナラヌノデセウ。
左から故飯岡曹長、故田上軍曹、故渡辺大尉。

56 (4—19)

神鷲——昭和十九年十二月二十七日、我等震天隊ニ突如出動命令下ル。立川上空高度九九〇〇米ヲ以テ哨戒中、八王子方面ヨリ東進セルB—29約六十機編隊ヲ発見ス。渡辺大尉ハ、直チニ翼ヲ左右ニ振リ、戦闘開始ヲ知ラセ、我等ハ此ノ敵ニ対シ敢然體當リノ擧ニ出ズ。当時敵ノ高度ハ約九五〇〇米、直チニ前側上方攻撃ヲ指向ス。コノ時渡邉機ハ敵第一梯團（七機編隊）ノ左端機ニ対シ、側方ヨリB—29ノ下腹ニモグリ込ミ、機首ヲ上ゲテ、敵機ノ左内側エンジンニ敢然体當リ、以テ敵ヲ撃墜セシモ、自機モ又火災ヲ生ジ、東京都京成電車荒川鉄橋下流約一〇〇米ノ地点ニ墜落、壮烈ナル戦死ヲ遂ゲラル。

57 (4—36—1)
故渡辺大尉

58 (4—36—2)

59 (4—18—1)
二階級特進の栄

60 (4—18—2)

61 (1—15)

二〇・一・一寫

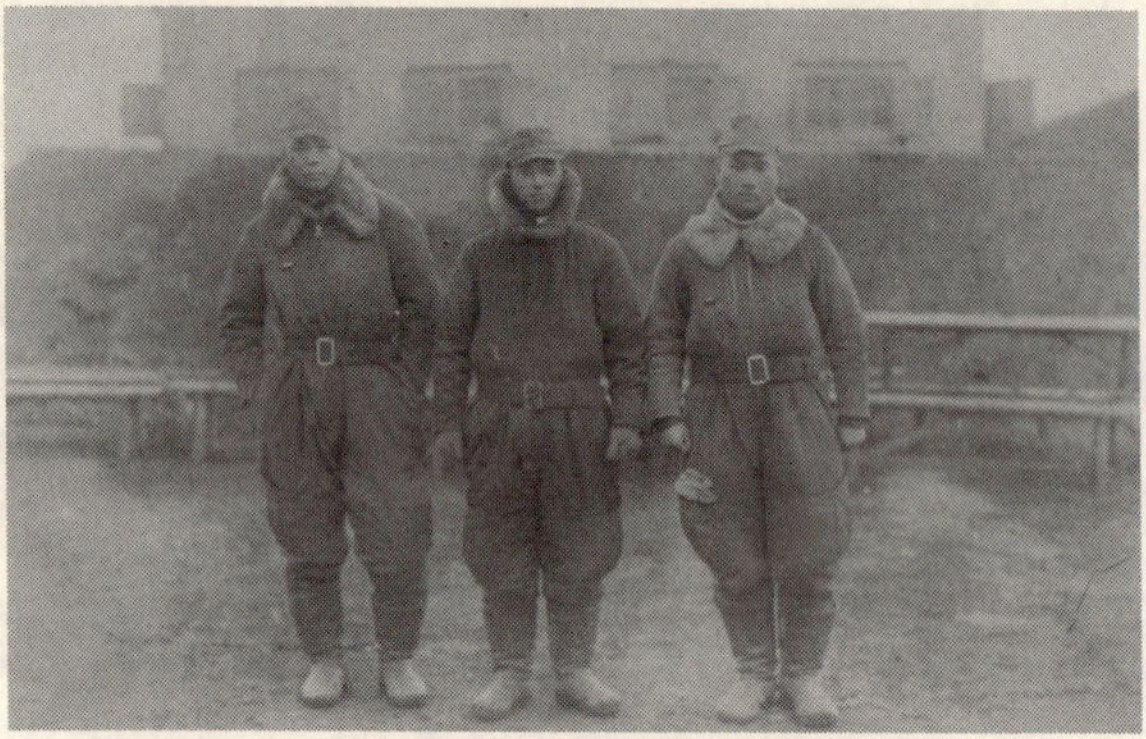

62 (2—1)

二〇・一・一寫　渡辺大尉殿体當リ後一名減ジ三名トナル。左・故飯岡曹長（二〇・四・一五 P51 ノ為戦死）。右・故田上軍曹（二〇・四・一二邀撃ニテ P51 ノ為戦死。少飛一五期出身）

63 (4—07)

第四次第三震天隊——左から故田上伍長（當時二十一才）、（一人あき）、故山田伍長（當時二十一才）、故飯岡軍曹（當時二十一才）

64 (4—29)

左から故飯岡曹長、故田上軍曹、大嵜軍曹、故山田少尉、俺、副官矢嶋中尉

65　(4―15―2)

左・故山田少尉（當時伍長・体當り）、右・俺

66　(4―24)

左・菅原中尉　右・田上

67　(4―15―1)

左・故菅原大尉　右・川崎航空山東氏

69　(4—25—1)

小林・津留・菅原ト五十六期ノ俊鷲モ相次グ邀撃ニ、津留中尉先ヅ十二月十一日ノ夜間高々度邀撃デ行方不明。菅原中尉又一月三日ノ夜間邀撃ニテ、エンジン不調ノ為、飛行場南約二粁近メノ第四旋回地点ニテ失速、墜落、戦死。最後ノ小林中尉モ、四月ノ夜間邀撃ニテ、小金井附近ノ田圃ニ墜落戦死サル。

68　(4—24)

故菅原大尉

72　(4—28—1)

故今井曹長
(少飛十期出身)

70　(4—25—2)

71　(4—25—3)

菅原中尉ノ愛犬〝白〟ハ當時懐ニ入ル位チツポケダツタガ、中尉ガ戦死サレル頃ハ見違ヘル様ニ成長シタ。中尉戦死後ハ、上田少佐（二十八戦隊長）ガ代ツテ引キ取ラレ、愛育セラレタ。

73 (1—33)

20.1.27。左から瀧本少尉（五七期）、故大西少尉（七期）、青木少尉、大神少尉

74 (2—14)

既ニ情報ハ入レリ。B29約100機帝都来襲ノ公算大ナリ。用意全ク整ヘリ。「ピスト」ニ最後ノ休養ヲトリ出動命令ヲ今ヤ遅シト待ツノミ。

75 (2—5)

写真日和——この写真を撮つた高石軍曹もそれから日ならず二月十一日の夜間邀撃で戦死した。あの晩の光景は恐らく君の最後を見た人は忘れる事は出来まい。高々度邀撃の命を受け、君は二十二時頃出動した。赤青の翼燈が澄み切つた冬空に印象的に残つた。丁度その時、君の高度は七千八百米、突然左のエンジンが火を吐いた。その時君の最後の無電があつた。〝アタマガ痛イ〟——「エンジン不調」といふ陰語だつたのだ。と仝時に君の飛行機は矢の様に急降下し始めた。炎々と燃えつゝ降下する君の姿を我々は断腸の思ひで見つめた。丁度江戸川上空辺りであつたらうか。

君はその時尚沈著に愛機を飛行場に向け不時着せんとした。高度約二千米。左旋回しつゝ機首を飛行場に向けた。とその時君の機は急に不安定状態になつた。〝あゝ〟思はず飛行場から絶望のうめき声が洩れた。〝落下傘降下して呉れゝばいいが〟と頼む我々の望みも遂に果敢なく、君は愛機と運命を共にし「市川」に墜落した。君は少年飛行兵第七期出身の俊鶩であり、戦技も部隊一と云われてゐた。弱冠二十三才の春秋を愛機と共にした君。

76 (2—06)
故高石軍曹

77 (2—03)

懐しの松戸飛行場——今は無き若武者共。アルバムを繙く毎、君等のありし日の姿彷彿たり。一度機上の人となれば、我は君等を信頼し、君等は飽く迄我に続けり。敗戦てふ事実を知らず、君等は悠久の大義に殉ぜんと大空に散華せり。今にして思ふ、軍国主義者達の欺瞞を。(20.12.17) 故高石曹長の撮りしもの。左から故田上軍曹、故山田少尉(体當り當時伍長)、俺、故飯岡曹長

78 (2—21)

連日敵機動部隊ガ来襲シ、ソノ度ニ我々ハ防空壕ニ退避シ、飛行機ハ分散シタ。昨日モ空襲ガアリ印旛ノ二十三戦隊ノ〝隼〟ガ松戸ニ不時着シタ。敵ガP51ノD型ヲ使用シテヰル時、我々ハ三式戦、二式戦、或ハ〝隼〟ノ二型デ応戦シタノデアルカラ、当時ノ困難ハ知ル人ゾ知ル、デアル。〝隼〟の前にて(青山伍長寫)

81　(1—43—2)
二月ノ大雪未ダ消エヤラズ　残雪深キオ節句。二〇・三・三　散髪に赴く途中小生の捕へし一景
左・青山伍長　右・飯岡

79　(1—44—1)
昭和二十年は天候不順のせいか、稀なる大雪？あり。二月寫す。左・故飯岡曹長

80　(4—32—1)
二月珍ラシキ大雪

82　　　　(2—08—1)
神鷲・山田少尉（当時伍長）ノ面影——白皙、長身ノ彼ハ一見外人ノ如ク、而モ明朗ナル性格ノ中ニ烈々タル斗魂ヲ有セリ。

83　　　　(2—08—2)

85　(4—21—2)

故田上軍曹

84　(4—21—1)

長根　四月十二日——十一時頃出動命令受領、直チニ飯岡、田上、青山ヲ具シ邀撃。盛ンニ見送ル整備兵、乗員養成所員ニ一□ヲ与ヘ、格納庫ヲスレスレニ乗超ヘ、高度五十米ニテ第一旋廻ヲ終レバ、早クモ四機整然ト編隊ヲ組ム。敵ノ無線聴取ヲ恐レ、必要事項以外、各機ト無線連絡ヲ取ラズ。高度五千米ニテ、品川、溝ノ口、荻窪ヲ結ブ線ヲ警戒飛翔ス。當日ハ所謂〝花曇リ〟ニテ、煙霧ガ五千米ノ高空迄タナビキ、視程零、直下ダケガ辛フジテ分ル程度、然シ、関東平野ハ隈ナク知ツテヰル我々ニハ、絶ヘズ自己ノ位置ヲ保針シ得タ。上空ニハ柏ノ70戦隊ガ高度約六千米ヲ以テ警戒、正ニ鉄桶ノ邀撃陣ヲ形成シテヰタ。時折僚機ヲ見ルト、〝田上〟ガ手ガ届キソウナ所迄、飛行機ヲ近付ケ、微笑ヲ投ゲカケル。今日コソハ〝物見せてくれん〟ト云ツタ面魂ダ。青山ハ少シ遅レ勝チダツタガ、懸命ニツイテクル。

86　(2—09)

若櫻——俺ガ飯岡ヲ初メテ知ツタノハ、台湾カラ戦隊ニ赴任シ待望ノ第一線機搭乗ヲ前ニシテノ双発高練時代デアツタ。彼等飯岡、和田、澤本、村上、河島軍曹等ハ我々ヨリ半期丈操縦ガ早カツタノデ殆ンド同課程ノモトニ進ンダ。昭和十九年八月焼ケツク様ナ炎天下〝殺人機〟トマデ云ハレタ二式複座戦闘機デ初ノ単独飛行ニ全身グツシヨリ汗バミ、地上ニ降リ立ツテヤツト解放サレタ気持デ「ピスト」ニ駆込ムト、天幕ノ中カラ少年飛行兵ヤ飯岡等ガ用意シテ呉レタ冷イ—甘イ—「カルピス」ガ氷ヲ浮カセテ我々ノ「のど」ヲ潤ホシテ呉レタノダ。ソノ當時ハ未ダ敵機ノ影モ見ズ、皆ンナ元気一杯ダツタ。
故飯岡曹長——二〇・四・十二　邀撃ニテ俺ノ分隊長トシテ田上伍長ト共ニ攻撃セシガ、體當リ寸前　P51 ノ為惜シヤ被弾戦死。振武台予科士官学校学庭ニ墜落ス。

88　(1—35—3)

故田上伍長

87　(1—35—2)

養成所ノ格納庫ト始動機。故田上軍曹（震天隊々員）。養成所ノ格納庫ヲバツクニ始動車ニ乗セテ俺ガ撮リシモノ。

90　(1—43—3)
田上伍長の腕前　バック
は我々の宿舎

89　(1—44—4)
田上と午后の一時カメラを持って散
歩す。養成所正門にて撮りしもの。

92　(4—28—3)
故大西中尉

91　(1—35—1)
故大西雪夫中尉
台湾練成時代同組ノ一員トシテ研鑽、我
ガ兄貴トシテヨク面倒ヲ見テ下サッタ。
其後我ハ戦隊ニ、大西少尉ハ桃園ノ三練
飛ヘト別レタガ、十二月三十一日再ビ戦
隊ヘ転任サレ、再會スル事ガ出来タ。四
月十二日ノ邀撃ニテ富士山東南方大山ニ
墜落戦死サル。右　大西少尉

93　(1—36)
第三小隊ピストヨリ東ノ方、本部、養成所格納庫ヲ眺ム。
故大西中尉（七期）

95　(2—18)
四月十二日ハヨクヨク呪ハレタ日デアッタ。
戦隊ノ犠牲　振天隊　飯岡軍曹　豫科士官学校学庭ニ墜落戦死。田上伍長　東京都瀧ノ川区瀧ノ川町ニ戦死。第三飛行隊　大西少尉　富士山大山附近ニテ戦死。山下伍長　越谷飛行場周辺デ戦死。
左・青木　右・故大西中尉

94　(1—14—1)
故大西少尉——台湾佳冬ノ実施部隊ニテ共ニ練成。十九年十二月三十一日當戦隊附トナリ、二十年四月十二日邀撃ニテ戦死。

96　(4—09)
第五次第三震天隊（著者註・第六次）。左から俺、青山伍長

98　(2—13)
二月二十日、青山伍長ハ山田伍長ノ補充トシテ震天隊編入。其後四月十二日、邀撃ニテ飯岡軍曹、田上伍長戦死シ、遂ニ震天隊ハ俺ト青山伍長ノ二名ノミトナル。
日の丸標識ヲツケタ

97　(2—
生キ残リノ震天隊　相次イデ殪レ遂ニ最後ニ残ツタ我等二名。左・青山伍長少飛第十三期生　右・俺

100　(1—39—1)

堀内見士（四期）

99　(1—39—2)

特操四期生隊付トナル——兄貴面ヲスルノモ無理ハナイ。

102　(2—17)

101　(1—40—2)

飯村軍曹（少飛十一期）。「二〇三」一発デB公ノ「トップ」ヲ飛散サセ撃墜セリ。

震天隊ガ解散ニナリ、俺ガ普通編成ニカヘリ第一小隊付トナツタ時、山本見習士官ガ無線手トシテ後方席ニ同乗シタ。彼（東京都出身）ハ山徳ノ本家ノ御曹司、「ノリ」ハオ手ノモノ、時々我々ノ食膳ニ真黒イツヤツヤシイ味覚ヲ副ヘテクレタ。

山本一営（東京都出身）——夜間飛行ノ時、ヨクイヂメテヤツタモノダ。彼ハ乗ツテ間ガナイカラ、地点ガヨク判ラナイ。印旛沼ノ上デ松戸井ノ燈火ヲ指シ、〝アレハ何処ダ〟ト聞イタラ、〝霞ヶ浦海軍航空隊ノ井ノ燈火デス〟ト伝声管一杯ニ答ヘテキタ。

103 (1—34)

藤園少尉（一期）

105 (1—42—3)

桜井少尉

104 (1—41—2)

桜井（一期）。芝デ生レテ神田デ育ツタ、生粋ノ江戸ッ子

106　(1－42－2)
左から吉村曹長、桜井少尉（一期)、
田島少尉（七期)、藤園少尉（一期)

108　(1－42－1)
左・大神

107　(1－41－4)
左・増田　右・田島

109　(1—43—1)

二〇・四　春日遅々。
大神と井周辺を散策

110　(1—44—2)

右；梅田少尉（一期）

111　(1—44—3)

今井少尉（一期）
——模型作リノ名人

112　(1—37—3)

戦友今井少尉——『クォ・ヴァデス』か何かもつともらしく読んでゐる彼。

113 (2—22)

兄上面會ニ来ル（四月二十四日）——満洲ヨリ見習士官ノ輸送指揮官トシテ東上ノ途次、突然戦隊ヲ訪フ。三小隊ピスト裏デ飛行兵相手ニキャッチボールノ最中、〝オーイ〟ト呼バレタガ、最初ハ誰ダカ分ラナカツタ。

114 (2—23)

満洲の野に鉄牛部隊の将校として活躍しありし兄——四月二十四日は、朝から陽光燦々として降りそゝぎ、柏飛行場の五式戦が我等の頭上で小気味よいエンジンの吟りを立てゝ空中戦をやつてゐた。我々は任務が夜間戦闘だつたので、昼間は専ら睡眠だ。幾ら夜寝ないと云つても、昼間眠る位辛いものはない。暗幕を閉め切つても、洩れる光線が眩しく、おまけにポカポカ照る日の光は寝返りを打てば打つ程ジンワリと背に汗を流す。梨畑にて

115 (2—24)

初メテ飛行機ニ触レ、操縦席ニオサマツタ兄。飛行計器ノ多イノニ、〝コレ丈一度ニヨク見レルナ——〟それもその筈、高度計、昇降計、ネン圧、滑圧計、速度計、人工水準器、羅針盤、人口指向器、ブースト計、排気ガス計、旋回指示器、回転計、気筒温度計等々。

117 (2—27)

弟兄

116 (2—26)

三奈木少尉の腕前

118 (2—29)

左から青山伍長、俺、兄

120 (2—32—2)

左・兄
右・横山中尉（少尉候補出身）

119 (2—33)

梨の花が今を盛りと咲いてゐた。

121 (2—31)

前列左・青山伍長
後列左・横山中尉、後列右・房子チヤン

122 (2—30)

水上房子

123 (2—34)

ハイキング——五月某日、第三小隊全員トラツクニ便乗、八時飛行場発、松戸ヨリ市川ニ至リ若葉ノ江戸川堤ヲ散歩ス。
江戸川鉄橋——大神と俺はよく抜け出して自転車で江戸川べりに来、うたゝねしたものだ。

124 (2—35)

雨天、降雪の日以外全然外出止めの我々には、好天の春日ハイキングする等、殆んど思ひもよらぬ。この日も定刻十二時に警戒警報が発令されたが、敵は単機、飛行雲を残しながら東に没し去つた。

江戸川堤（大神寫）

125 (2—36)
未だ声変りもしてゐない様な特幹ではあつたが、一期生は確かに戦隊戦力の一員であつた。紅顔に微笑をたゝへながら、大空で存分振り回され、ふらふらになつて地上に降りた時、彼らは精一杯の大声で〝○○候補生○○機搭乗終り。異常ナシ〟と報告した。
堀田候補生（特幹一期）機上無線

128 (2—41)
我輩の所謂〝藝術寫眞〟感ヅカレヌ様ニ忍ビ足デ近寄ツテパチリ

127 (2—40)
左・河村少尉（八期）

126 (2—37)
ハイキング散見——三々五々堤ヲ下流（金町方向）へ歩ンデ行ク。左・奥平少尉（九期）機上無線　右・大神

129 (2—43)

ミンナ愉快。五月某日、花曇リ。八時、一仝握リ飯持参、トラツクニ便乗、科目〝野外強健鍛錬〟経路、松戸—鴻ノ台—市川—金町—松戸—飛行場。新緑ノ関東平野、清冽ナル江戸川、若葉ノ香高キ江戸川堤、色トリドリノ野花。江戸川橋ノホトリ、金町國民学校生徒トタワムレ、〝良イ子〟ノ仲間入リヲスル。

130 (1—41—1)

故増田少尉（一期）。

同期生増田ハ、B29初帝都空襲ノ十一月二十四日、「ホ五」二百発打込ンデ東京湾上ニ撃墜シタ勇士。彼ハ五月二十六日ノ帝都夜間空襲ノ日迄実ニ十機ヲ撃墜シ、学鷲増田ノ名ヲ四方ニ響カセタガ、遂ニ同乗者塩田少尉ト共ニ千住附近ニテ戦死。

132 (1—41—5)

左・増田　右・田島

131 (1—41—3)

左・田島少尉　右・増田

133　　　(4—44)
邀撃直後

135　　　(2—50)
大神ノ奴、俺から奪つた〝マフラー〟をつけ、レンズで煙草の火をつけんとしてゐる。藤園澄耳和尚が感心した様に彼の手許を見てゐる。
左から故荒、俺、大神、藤園

134　　　(2—49)
左・俺　右・大神

136 (2—53)

浮カヌ顔ノ荒少尉——富山夜間空襲の八月一日夜、敵の第一編隊が高岡へ焼夷攻撃せんとした時、荒と藤園の二機は直ちに出動、この敵を伏木・高岡の線に邀撃、奮戦後之を撃退、為に敵編隊は高岡に投弾し得ず長岡に投弾したのであつた。然しこの戦闘にて荒は全く憔悴し、著陸の際誘導燈に乗り切れず、著陸復行せしも、疲労せし為か〝脚上げ〟を〝フラップ〟と間違へ、高度低き為沈下量大にして遂に地上に激突、全乗者と共に愛機と運命を共にした。

左から藤園、故荒中尉、俺

137 (2—46)

懐シノ五十三戦隊ヨイザ、サラバ。朝鮮第五十三飛行師団（著者註・航空師団）司令部ニ転属ノ日——松戸市「根戸屋」旅館ナル空中勤務者保健所ニテ休養中、突然朝鮮転属ノ命ヲ受ク。即チ特攻隊々長トシテ破格ノ栄誉ヲ擔ヒタリ。六月十七日懐シノ松戸飛行場、懐シノ同期生ト杯ヲ分チ、共ニ歌ヒ、思ヒ出多キ第五十三戦隊ヲ後ニ渡鮮ス。

138 (2—52)

故郷の香り——六月十九日と云へば既に初夏の頃だ。特攻隊長の命を受け、一週間とは生きてゐまいと、着替へを二三持っての渡鮮だつた。先祖の墓参丈でもしたいとの念願叶ひ、故郷の土に立つてみると、〝これが最後だ〟と云ふ気持ちを、両親・兄弟の前に幾らかくして楽しく笑つても、心は断腸の思ひである。

我が家の庭園の一部。

俺ノ撮ツタ寫眞ニシテハ出来過ギデアラウ。

139 (2—51)
六月十九日寫——我が家の庭園の一部

140 (3—15)

我が家

141 (3—25)

玄関先ニテ

143 (3—03)

20.6.19寫　俺ノ腕前モ仲々アナドレヌ。

142 (3—37)

144 (4—14)

20.6.19寫　特攻隊々長トシテ渡鮮ノ途次

145 (1—21—2)

東條少尉（二期生）（於朝鮮新義州）

146 (4—10)

醜翼

147 (2—56)

〝日本ニユース〟に現はれた兄最後の出陣姿——昭和十六年十二月十日、〝日本ニュース〟で対面した兄は、仝月十三日、マレー「ペナン」島にて壮烈な自爆を遂げた。左から寺沢大尉（五一期）戦死、池野大尉（五一期）戦死、兄恒利、小川准尉、塚本曹長（操縦）、松橋曹長、若林軍曹

148 (2—48)

兄　利恒（第五十三期）——昭和十六年十二月十三日、「マレー」半島「ペナン」島敵輸送船団爆撃中敵戦闘機ノ為被弾、愛機諸共敵假裝巡洋艦メガケテ體當リ自爆セリ。當時襲撃機ニ搭乗、第二十七戦隊附、中尉トシテ活躍セリ。寫眞ハ昭和十六年十二月十日、「同盟ニユース」ニ写サレ、「ニユース」トシテ上映サレタ兄。広東時代、○○爆撃ノ命ヲ部隊長ヨリ受ケツゝアリ。

149 (3—10)

151 (2—57)

150 (3—09)

士官学校時代の次兄利恒

第二部——本文編

特別攻撃隊誕生

次に掲げるのは、千葉県松戸にあった第一〇航空軍第五三戦隊に所属していた、青木哲郎少尉の日記である。

（昭和十九年）十一月八日

本日夕、拡声器にて、自分以下、今井軍曹・大崎伍長・入山兵長の四名、至急戦隊（著者註・戦隊長）室へ集合せよとの事。何事ならんと駆けつけた。室には、上田隊長殿が、戦隊長殿の右に椅子に寄っておられる。一日以来、警戒戦備の状況にあり、本日の如き敵機を目の当り見せつけられ、悲憤の涙を流せし折も折、ひそかに心で期するものありしに、……。何時もと違ふ厳粛な戦隊長・隊長殿の顔を伺へば、大体の事はうなづける。戦隊長は現下の逼迫せる状況下に於ける防空戦隊の任務を具《つぶさ》に語られ、この敵を落す為には、どうしても衝撃による以外なき事を明言され、その要員として、我等四名を選抜されたのである。その旨言渡された時は感極まり、身の光栄に唯おののいたのである。五尺の身体にこれ以上の栄誉があらうか。然も皇都の大空で、天晴れ天翔ける男の子の肉弾を、花吹雪と散つて咲かすのだ。

米軍の新鋭超大型戦略爆撃機Ｂ29に対する、陸軍の体当たり特攻隊の誕生である。

「超空の要塞《スーパー・フォートレス》」B29

昭和十七年四月十八日、米軍はドーリットル中佐の指揮の下、陸軍のＢ25爆撃機を空母から発艦させて、東京はじめ関東、東海地区を急襲して大いに気を吐いたが、その後は鳴りをひそめ、日本付近には偵察機すら飛来しなかった。

ところが昭和十八年に入ると、米陸軍航空軍が本格的対日爆撃を準備中という情報が、しばしば入るようになった。そして二月、対日戦前（一九四〇年）から開発が続けられていた新型戦略爆撃機Ｂ29の試作機がシアトルで墜落したということが、外電により日本に伝えられ、この爆撃機の完成が近いということを知らせたのである。

このＢ29がそれまでの「空の要塞《フライング・フォートレス》」Ｂ17を上回る高性能機であることは、確実であった。日本は開戦後間もなく、フィリピンでＢ17Ｄを捕獲、数機を組み合わせて完全な機を組み立てた。技術サイドはその高々度性能やゆとりある設計に感心し、飛行実験部の荒蒔義次少佐は高々度戦闘機および夜間戦闘機の開発を力説したが、有利な戦局に酔った用兵側は、ほとんど興味を示さなかった。

そしてこの問題は、十七年十二月下旬、第一二飛行団がラバウルに進出すると、明らかになる。しばしば飛来するＢ17に、一式戦「隼」の一二・七ミリ機関砲では、全く歯が立たなかったのである。

Ｂ17に手を焼いている時に、今度はＢ29である。十八年四月になってやっとＢ29対策委員会が設立された。

それによってこの新型機の性能については、ほぼ正確に掴むことができた。Ｂ29が日本を空襲する場合、五六〇〇キロという航続距離から考えて、中国大陸から北九州地区へ、夜間か高々度爆撃であろうと予想された。

昭和十九年六月十六日深夜、中国・四川省成都の飛行場を飛び立ったＢ29六二機が初めて北九州を爆撃した。そのうち高度四〇〇〇メートルから八幡地区に向かった一七機は、山口県小月基地の二式複戦十二機が邀撃《ようげき》し、撃墜六（うち不確二）、撃破七の戦果を上げた。また残りの機も直接成都に帰還できたものはなかった。それに対して、日本側の損害は被弾したものが一機あっただけで、日本側の勝利に終わった。そして被害の大きさから考えて、米軍は次は高々度爆撃に切り換えてくると考えられた。

〈写真146〉翌十七日午後、墜落したＢ29の残骸の調査が行なわれたが、そのうち若松付近に墜落した残骸の中から、敵の搭乗員が撮影したと思われるフィルムが発見された。直ちに現像してみると、写っていたのは巨大な四発機の姿で、これが日本側が初めて手にしたＢ29の写真となった。

この写真は、十八日の北九州防空司令官と航空部隊との合同会議で、今回の夜間邀撃戦の戦訓を公表することになった際、資料として付けられていたものと思われる。

この北九州空襲の前日、六月十五日、米軍はサイパン島へ上陸を開始した。それに対し聯合艦隊は「あ号作戦」を発動、十九日から二十日にかけてマリアナ沖にて米第五艦隊（司令・スプルーアンス中将）と艦隊決戦を行なった。しかし空母三隻（大鳳・二万九三〇〇トン、翔鶴・二万五六七五トン、飛鷹・二万四一四〇トン）、航空機二六一機、潜水部隊は参加した二一隻中一八隻を喪うなどの壊滅的打撃を受け、聯合艦隊は潰えた。

これで孤立無援となったサイパンは、米軍の猛攻によく抵抗したが、七月八日に全滅（占領完結宣言は八月十日）、八月に入ってテニアン、グアムが玉砕した。

サイパンのアスリート飛行場はイスレイ飛行場と改称され（イスレイは六月十二日の爆撃の際に戦死した指揮官・海軍少佐の名）、滑走路の整備が直ちに着手された。日本本土への爆撃は四十三年末の空軍計画で決まっていたが、それを徹底的大規模に反復し、都市町村を焼き尽くし、国民の戦意を奪うことを先決とする戦略が、このサイパン島の一戦によって、米軍の確定した方針となったのである。

そして、ついに十一月一日十四時過ぎ、秋晴れの東京上空にB29（正確にはB29を改装したF13写真偵察機）が現われた。

一五〇機の戦闘機を擁し、帝都の防空を担当していた第一〇飛行師団長吉田喜八郎少将は、たとえ来襲機が少数であっても、撃墜しなければ防空任務の達成にはならないと考えていたため、全力をあげての邀撃を命じた。しかし敵機が一万から一万二〇〇〇メートルの高々度を飛行していたため、接敵することさえできず、わずかに独立飛行第一七中隊（調布）の武装司偵[*]二機が、一万米の高度で銃撃を加えたにとどまった。そして敵は悠々と軍事施設、軍需工場などの写真約七〇〇〇枚を撮って帰っていったのである。

　こうした高々度で来襲する敵機に対しては、まず味方の戦闘機を敵以上に上昇させねばならない。しかし当時の日本の戦闘機は、設計上の実用上昇限度は一万メートル以上あっても、*過給器は実用化されておらず、八〇〇〇メートルを超えると極端に性能が低下した。また帝都周辺には七、八、一二糎《サンチ》の高射砲が計四〇八門配備されていたが、これもやはり八〇〇〇メートルが限度であった。

　さらにＢ29は富士山を目標に飛んできて、そこで方向を変えて帝都上空に侵入してくるので、富士山頂に十五糎の高射砲を設置しようとしたが、これも計画そのものが無理であった。そこで最後の手段として、現有飛行機の装備をできるだけ取り外して重量を軽くし、敵機に体当たりするしかないと考えたのである。

　そこで、かねてから特別攻撃隊の編成を計画していた第一〇飛行師団では、十一月七日、各飛行隊に対して、次のような命令を下した。

　一、敵Ｂ29は昨今しばしば単機高々度をもって帝都上空に来襲す。

　二、師団は特別攻撃隊を編成し、これを邀撃せんとす。

三、各戦隊は四機をもって特別攻撃隊を編成し、高々度で来襲する敵機に対し体当たりを敢行し、これを撃墜すべし。

師団参謀の山本茂男少佐は、「これはフィリピンの特攻とは違うものであった。フィリピンの艦船に対する特攻では命中精度をよくするため、一機と敵戦艦と心中するために行ったのだが、東京のはB29に対して高度が取れないので、届く手段として武装をはずし、軽装にして、仕方なしに体当たりするものだった。そのために機数は各戦隊四機と少数に限定し、隊員も志願者だけで構成したのである」と後に述べている。

先の日記を書いた青木少尉は、写真が趣味であった。そのため、自らの入営からの様子を、戦後に整理したものも含めて、四冊のアルバム、二五〇枚の写真に残している。そこで、この日記とアルバム、およびアルバムの書き込みをもとに、特攻隊員たちの姿を追ってみたい。

特別操縦見習士官

青木哲郎は富山県射水郡二塚村二塚(現高岡市二塚)で、代々庄屋を務めていた二七代続く名家に、父孝恒、母松枝の三男として大正十二年三月六日に生まれた。長兄は六歳年上の大作、次兄は五歳年上の利恒。三歳下に妹・美智子と、九歳下の弟・満がいる。

高岡中学から金沢高等工業学校（現金沢大学工学部）に進み、三年在学中に徴兵検査を受けて、甲種合格となった。ただ、この時期、学徒の徴兵は延期されていたので、繰り上げ卒業と同時に陸軍に入営することになった。

この時青木が、兄・利恒の影響もあって志願したのが「特別操縦見習士官」であった。そこで、まずこの制度について解説しておきたい。

特別操縦見習士官制度は、大東亜戦争の帰趨が航空勢力の優劣により決せられる傾向が顕著となったため、パイロットはじめ航空要員を大量に養成する必要が生じ、採用された制度である。海軍における予備学生制度と同様のものと考えてよい。大学学部、予科、高等学校、専門学校、師範学校の在学生と卒業生が志願することができた。

パイロットの養成は、それまでも昭和十年に学生のスポーツ団体であった「日本学生航空連盟」はじめ民間飛行学校に陸軍より現役操縦将校が派遣され、予備役将校の補充源として「操縦候補生」制度ができ、数は多くはないものの八期まで送り出していた。また昭和十五年からは、*航空士官候補生第一期六五〇名、*少年飛行兵年間二六〇〇名の採用とし、十九年までにパイロット二万名、航空要員六万名育成に着手していた。

ガダルカナルの死闘が始まっていた昭和十七年夏、参謀本部は当時一七〇作戦中隊であった陸軍航空を、なるべく早く一〇〇〇作戦中隊にするという四号軍備計画案を、陸軍省軍事課に要望した。しかし当時の経済力、物的資源、さらに航空燃料の見通しから、昭和二十一年度五〇〇中隊目標となった。それでも飛行機の増産はもとより、パイロット、航空要員の養成にさらに拍車をかける必要が生じた。

特別操縦見習士官の採用は、昭和十八年度目標として一期（十月入隊）一二〇〇名、二期（十二月入隊）一八〇〇名を予定した。海軍の大量採用と競合するため、応募が心配されたが、実際募集してみると応募者は六倍となり、結局一期生は約二五〇〇名、二〜四期生合計約八〇〇〇名が合格、一期生は学徒出陣が行なわれる直前の十八年十月一日、宇都宮、熊谷、大刀洗などの陸軍飛行学校に入校した（なお「学徒出陣」したものは二期生となり、その数は一二〇〇名に上った）。

なお、後の人々や卒業生の中には、「特攻要員であった」と述べる人もいるが、これは誤解である。確かに比島作戦では一〜三期生合わせて三一三名が特攻戦死している。しかし特攻作戦の採用は、昭和十九年の初め頃から参謀本部でささやかれ出したが、航空本部は本部長以下全員が猛反対であった。この方針が転換されるのは十九年九月頃になってからである。

飛行学校

その特別操縦見習士官（以下「特操」と略す）に合格した青木は、十八年十月一日、陸軍熊谷飛行学校の桶川分校に入校した。

〈写真5、6〉

学校では翌日からいきなりエンジンについてや操縦学の授業が始まった。ところが教える方も教えられる方も、初めての経験であるので、どうも勝手がよくわからない。青木は一応生活が落ち着いてきた十月十七日から日記を記しているが、この日には、「未だ一同軍隊生活に慣れざる為か、命令を遵奉せず、各人個々別々の行動を取りたる事につき」、「入浴場に於ける騒なる事につき厳に注意あり。畢竟《ひっきょう》、未だ見習士官たるの矜持を忽《ゆるが》せに思ひし事より起りし所為なるを考へ、遺憾に堪へず」という記述が見られる。そして、教官の方も、「何もわかっちゃいない」「あんなひ弱なのに本当に飛行機が飛ばせるのか」と、半信半疑であった。

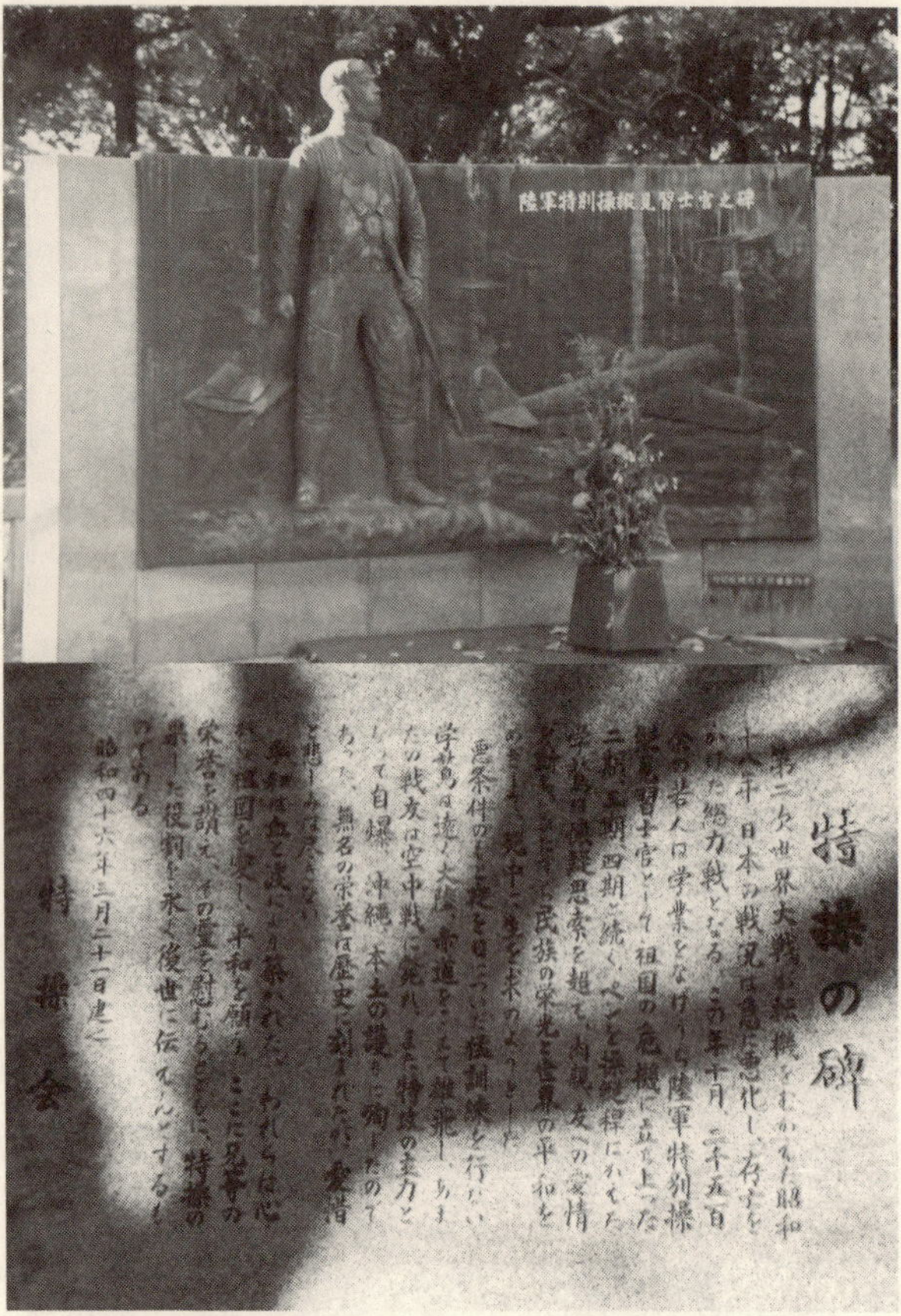

陸軍特別操縦見習士官の碑。京都の霊山護国神社の境内にある。
（昭和 46〈1971〉年 3 月 21 日建立。題字は当時の佐藤栄作内閣総理大臣）

特操の碑

第二次世界大戦が転機をむかえた昭和十八年、日本の戦況は急に悪化し、存亡をかけた総力戦となる。この年十月、二千五百余の若人は学業をなげうち陸軍特別操縦見習士官として祖国の危機に立ち上った。二期、三期、四期と続く、ペンを操縦桿にかえた学鷲は懐疑思索を超え、肉親、友への愛情を断ち、ひたすら民族の栄光と世界の平和をめざして、死中に生を求めようとした。

悪条件のもと夜を日についだ猛訓練を行ない、学鷲は遠く大陸、赤道をこえて雄飛し、あまたの戦友は空中戦に斃れ、また特攻の主力となって自爆、沖縄、本土の護りに殉じたのであった。無名の栄誉は歴史に刻まれたが、哀惜と悲しみは尽きない。

平和は血と涙により築かれた。われらは心から祖国を愛し、平和を願う。ここに兄等の栄誉を讃え、その霊を慰むるとともに、特操の果した役割を永く後世に伝えんとするものである。

昭和四十六年三月二十一日建之

特操会

ところが、その二日後の十九日には、もう赤トンボといわれた中型練習機（九五式*複葉練習機）に助教（下士官）と同乗して、地上滑走訓練、よく二十日には初飛行を行なっている。

十月二十日　水曜日　曇

愈々《いよいよ》待望の飛行なり。生来空利かぬとて、柿の木にも登り得ざりし我が、高度七〇〇米の高空を飛ばんとは。午前中浅見中尉殿より学課を受けし途中も、僚機は早や征空の意気も高らかに、大空を乱舞しあり。午後愈々第二教育班の飛行に移る。教育班長の注意事項あり。終りて教官注意。何れも要点は固くならざる事の一点に帰着す。ピストに待機中、僚機は踵《きびす》を接して大地を離る。壮なるかな爆音、勇なる哉その英姿。かくて第一番目の搭乗者は処程課目修了し、颯爽と機を下り立つ。彼等の所感を尋ぬるに、何れも愉快なりきと。而れ共、未だ乗らざる我に、如何に好言を以て説明すとも、尚以て実感を与ふるに至らず。かくする中に、遂に番は巡りて我となる。準備線より出発線迄辛ふじて機を運び、準則を口にす。かくて警戒よし、出発と手を上ぐれば、轟然たる爆音と共に機は早くも地上滑走を開始す。草が飛ぶ。地面が飛ぶ。総べて我が機の前を遮らんとする野も山も、森も林も後へ飛ぶ。と見る間に、既に機は空中にあり。演習開始前助教殿より、今日は計器を見るな、地平線の確知と操舵反動、各舵の縦舵性を確実に摑むべしと注意されたる事を思ひ起し居る間に、機は第一旋回、グッと右に傾く。地平線に相当して張りたる糸と、傾斜の関連を見つつある間に、何時の間にか水平飛に移る。地平線は霞んで見えず。教官殿の注意にありたる仮想地平線とはこれならんと思ひ居れば、伝声管を伝ひ助教殿の声、「これが水平飛行」。糸と仮想地平線との関係を見るも、分明ならず。かくする中に、グッと水平右旋回、機が傾く々々。目が廻りさうになる。この儘では機が内滑りを起しさうだ。田・畠や森が機を中心にぐるぐる旋回する如し。ドキッと何か胸を突き上ぐる如し。と機は左へ傾斜、と見る間に水平飛行に移る。旋回の初動・持続・停止等考へる余裕も無かりき。かくて飛行数分、操縦桿を右へ倒せとの声に、や、右前方に倒せば、又もや不気味の旋回を為す。「何くそ」と歯を喰ひしばりて下を見れば、大地は怪しくも我を一口に呑まんとするが如く、視野を舞ふ。

水平飛行実施。幾分機にも馴れ、辺りを見渡す。左に航士飛行場見ゆ。兄も曽《かつ》て此処に戦技を学びしかと思へば、彼の兵舎、彼の飛行場いと懐しく、散華の兄にしばし冥福を祈念す。手足の一致意の如くならざるも、水平飛行は実に壮快なりき。

かくて飛行二十数分、機は場内経路に入り、右手に飛行場見る。「誘導標が見えるか」との声に、慌て、下を見る。乙標は認めたるも、甲標は見えず。後程分りし事なるも、甲標は白色のみなりき。「レバー」詰め始めは明瞭に見ゆ。甲標が左に移る。「レバー」詰め終り、返し始めの時期分明ならず。「接地するぞ」助教殿の声が終らぬ中に、軽いショックが体に伝はる。地面が飛ぶ、草が飛ぶ。「そら準則を云はんか」との声に、「警戒よし、調整レバー五分画――地上滑走」と夢に夢見る心地にて発唱す。かくて幾多の期待と責任を感銘しつつ、我が人生史に燦たる処女飛行の記録は打立てられぬ。機を降り、来し方遥かなる大空を見渡せば、乱舞しあるあり、早や戦友は出発点にありぬ。「貴様も頑張れ、俺もやり抜くぞ」と深く心に刻みつつ、ピストへと向ひつ。

〈写真7〉

そしてまっすぐに離着陸ができるようになるまで、訓練を繰り返す。

同時に空中基本操作を学んだ後、十一月十九日から、錐揉み飛行から始まって、無線による場内離着陸、蛇行飛行、空中始動、垂直旋回、宙返り、急横転、斜め宙返り、垂直8字飛行、計器飛行といった、さまざまな特殊飛行の訓練を行なっている。

十二月二十日の日記には、「特殊飛行に入ると非常に愉快である。一つずつ技を覚える嬉しさが、限りない猛訓練を平気にさせるものである」という記述が見られる。
なおこの間、十一月二十日に、一一名の「淘汰学生」が出て、校内が騒然となったが、この頃になってくると、教官からも、「さすが現役学生。物分かりがよくて飲み込みが早い」という声が聞かれるようになり、技倆の上達の早さに関して、関係者を喜ばせずにはおられなかった。なお十二月二十六日時点での飛行時間は、三〇時間余である。

〈写真8、9、10、11〉

そして翌一月十三日、ついに念願の単独飛行を行なった。

昭和十九年一月十三日、詳しく云へば十三時〇九分、自分は初単独飛行の挙についた。僅か八分間の飛行時間であつたにしろ、離陸から着陸迄単独で飛翔し得た感激は恐らく終生忘れ得ぬものであらう。（中略）準備線で助教殿が落下傘を下され、代りて重石を前方席へのせ、又単独の赤い吹流しが支柱へつけられた時は、子供が晴着を着て喜ぶ様に無性に嬉しかつた。出発線につ いた時、「レシーバー」を伝つて助教殿の力強い声が耳朶を打つ。「行つてきます」と大きく叫びたい気持ちだつた。「レバー」を入れる。機はするする動き出した。離陸――方向保持――と意識しつつ操作しある中に、何時の間にか浮揚した。前方席がもぬけのからだ。旋回指示器がいやに目につく。高ぶつた気持等微塵もない。水平飛行。大声で「兄さん」と呼んだ。航士飛行場が見える。今一度「兄さん」と呼んだ。呼んだ後から涙が出さうだつた。「お父さん、お母さん、単独なんですよ」と訴へる様に大声で叫んでみた。そしてその後で何とも云へぬ喜悦に浸り、げらげら笑ひ出しさうになつた。

「青木見習士官、第五号機操縦離着陸終り。異常なし」と助教殿に報告した時、助教殿の顔が神様の様に思へて仕方がなかつた。

この後は、単独と同乗を繰り返しながら、航法、編隊飛行、高空飛行（三〇〇〇～五〇〇〇メートル）を行ない、卒業式直前には、エンジンの点火栓不良で、離陸直後に場内不時着をしたりもしたが、三月十九日、卒業式を迎えた。*

三月十九日　日　晴

昨夜来の降雪名残なく晴れ渡る。六ケ月我等を恵みし教育隊を後に、貨物自動車に乗車し、五時半、校門を出ず。寒気凜烈、赤城・秩父の連山、白雪皚々、武蔵野又白一色。本校にて卒業式挙行、かしこくも東久邇宮殿下の御台臨のもと、幾多の将星綺羅星の如く臨席し、此処に我等特別操縦見習士官第一期の卒業式は挙行さる。

台湾

卒業前には、戦闘機・爆撃機・偵察機などという、搭乗する飛行機の選定が行なわれた。もちろん本人の適性も考慮されるが、青木は戦闘機を志望して適《かな》えられ、台湾で訓練を受けることになった。なお台湾以外では、比島、朝鮮、満洲などがあった。

そして卒業式当日の夜、専用列車で出発した。

(三月十九日の日記の続き)任地別に一団となつた我々は、籠原発二〇時六分発列車に乗車、勇躍任地へ赴く。暗澹たる空からは雨の降り来る。軍用列車のせいか、或駅には一時間も停車す。

東京まで四時間もかゝる。列車は二等車十七両にて座席も良く居心地よし。窓掛を下せば、うと〱と睡気がする。合間に省線のすれちがう音に、東京に最後の名残を惜む。(この後、道中の描写が徳山まで続く)

三月二十日（著者註・二十一日）、大刀洗着。寒村なりき。初春の駅頭は寒さび、太刀を洗ひし名雄の名残を路傍の碑に止め、大刀校着。面会人等、田舎じみた衣服をまとひ居り。よくも我等の出発を知り得たる哉《かな》等思ひつつ、明日出発の機の搭乗区分等あり。我等は明日、直ちに出発すと決る。錬成道場に一夜を明す。此処に入所せる少年は何れも将来軍属として我等の手足となる者、仲々しつけよく、感じよし。されど、何処にても同じき様に、僅か一夜の宿りとは云へ、寝に就く迄のあわたゞしさは鬱陶しき限りなり。ことに将校が十五名も居れば、我等とて思ひの儘には出来ず。

明くれば二十一日、起床五時。何しろ飛行機に乗る為、身廻品以外には何も持込むなとの昨夜の達しでもあり、送るなら梱包せよとの事。面倒臭いから手持品は皆着込んだ。身体がコロ〳〵だ。然し、兎に角、着込んだ。飛行場着。早くも我等を待つ九七重は雄然と横たわる。MC*のスマートな姿が、一度乗りたいと云ふ感じに一杯だ。轟々たる爆音を残して、我等百十七名を乗せた九七重の編隊は一路台湾。広漠たる雲海、高度はぐんぐん上る。五千米、身体がガタガタふるへる。奇怪な雲の凹凸以外何も見えない。航法の重大性が痛感される。五時間経つたが未だ雲海、何処が何処だか分らない。九州の南端を過ぎる頃迄は気分も平常通りだつたが、機の動揺ですつかりよひ、機上でヘドをあげた。八時間、正に難航だ。機関士が心配気に燃料を点検する。零だ。不時着――不吉な予感がした。雲下は怒濤逆巻く大洋か、峩々たる峻険か。機に搭乗の折渡してくれたカボツク*を今一度点検する。不時着だ。機はグン〳〵高度を低下する。僅かに雲の切間があつた。その間を縫ふ様に機は急角度に降下する。高度二千、むん〳〵する暑さが全身を覆ひ、汗がじんわりとにじみ出る。台湾だ。大きな市街が見える。赤んだ平地が、内地とは全然異なり、熱気に燃え立つてゐる。屏東だ。遂に台湾、八時間余の難行、不時着一歩手前だつた。飛行場の滑走路に、音もなく、切線で巨大な九七重が着陸した。ふら〳〵する足取りで飛行場に降立つた時、今から考へれば一寸考へられぬ程奇異だった。見るもの、聞く声、水牛を引き飛行場の拡張に狩出した土民がのんびり歩いてゐる。変な臭気が充満してゐる。深沢等は元気なものだ。飛行場に降り立つて飯を食つてゐる。

暑い。々々。汗が背すじを伝つて全身ぐつしよりだ。今から考へれば、全くすごい防寒服をつけてゐたものだ。何しろ内地の冬衣袴に冬襦袢、その上に大刀洗でつけた襦袢、衣袴など……思つてもぞつとする位だ。

八時間の飛行でこれだけ内地と異つた風物が地球上に存在してゐたのかと、地図の奇怪さに、疑心暗鬼だ。

屛東駅迄続く並木道、両側に亭々とビンロウ樹が茂つてゐる。兵隊は皆涼しさうな防暑衣袴をつけてゐる。

如何にも植民地駅らしい屛東駅前、二十分位待つと潮州方面行の列車が来た。一世紀昔の汽車だ。城端線《じようはな》のそれに輪をかけた様なものだから素晴らしい。むつといやな臭気が鼻をつく。狭い車内に本島人の間にもぐつて腰を下す。進行と共に涼風が面をかすめる。曇り勝ちの空、暮色も愈《ようや》く迫る。一九時だと云ふのに未だ明るい。沿線は両側にバナヽ畑が連綿と続く。台湾と云へばバナヽ、バナヽと云へば台湾と迄想像されるバナヽ。

潮州駅へ着いた時は既に日は没し、雨がぽつり〳〵降つてきた。部隊からは誰も迎へに来て居ない。三十分僅り駅前の店で待つてゐた。その中にトラックが来た。部隊では我等の到着意外に早きに、準備も何もないとの事。真暗な夜道を雨に濡れてとぼ〳〵歩いた。幾ら歩いても部隊へ着かない。とその中に彼方にぽつり〳〵と電燈が見える。部隊らしい。小さな一本道を歩く事約一時間、営門へ来た。此処から部隊本部までがまた大変だ。兵舎の灯がぽつり〳〵と燈つてゐる。グツタリ疲れた足を本部の将集に休めた時は、誰も物云ふ元気もない。食事が出来た。茶碗がない。将集から兵舎まで、これが又大変だ。夜道のせいか、余計感じる。誰にでも彼にでも怒りたくなる。兵舎へ着いたが、毛布が無い。当地はマラリヤの最も悪性が発生する所故、防蚊帳を張る。内地の薄ら寒い生活から、いきなりこんな生活に切換へられると、唯でも不平を云ひたがるものだ。まして我々は見習士官だ。一室づつ当番のついた部屋を予想してゐただけに、不満も大きい。何だ彼だと移転先の混雑さに頭を痛めつつも、十一時頃寝に就いた。

熊谷を発したのが十九日、須磨、神戸辺りを過ぎしは二十日の午後も既に夕暮れ、あの辺りは実によかつた、と誰もが云ふ。歓呼に送られ出征勇士の感激に浸りつつ南下せし我等も、想像と現実とは余りにも間隔があり過ぎた。

朝、総べては朝だ。だが我々の疲労を癒すべき朝も、洗面の水も無い。雨溜りの壕まがひの中で顔を洗ふ始末では、寝起きもよくない。

青木が赴任したのは、屏東からさらに南の佳冬の第三錬成飛行隊であった。ここで初めて戦技訓練を受けた。そして青木は操縦技術が優れていたため、「特別班」に編入され、途中から宜蘭に移って、他の者より二五時間ほど多く、約二倍の特別訓練を受けた。

〈写真12、13、14、15〉

宜蘭南飛行場（跡）。指揮所と指揮所上から見た滑走路跡（左上；東〈海〉方向、左下；西〈山〉方向）。現在工業団地として整備中である。八角形の指揮所は保存対策がなされておらず、更に最近火災にあったらしく、中の木材部分は黒焦げである。著者が訪れた際にはなぜか中でウェディングドレスの撮影が行なわれていた。窓にモデルの女性の顔が見える。（2013年4月撮影）

〈写真16〉台湾での訓練機は、ノモンハン事件でも活躍した日本の花形機、九七戦であった。しかし訓練中に事故が続発し、墜落死亡者は一〇名を数えた。
青木は日記の「台湾」の最後の箇所に、「事故」として次のように書いている。

幾多辛苦を重ねし訓練なりき。最初の事故は太田見士の地上激突なり。胴体タンク使用して飛行せしも、胴体タンクには殆んど燃料入り居らず。翼内満載なりき。然るに胴体タンク使用せる為、翼内満載にも拘らず不時着せり。この際打ちし鼻は、その後の治療により救かるも、科目、時間共に遅れり。

そして七月二十日、終業式が行なわれた。

家への便り（日記の台湾の最後〈「事故」の前〉に書いてある控え）
愈々内地の東京の調布五十三戦隊行と決定しました。二十一教育飛行隊（四十三部隊）では私と山中君の二名だけです。最初の内地行の命令が出て嘉義で待機中、急に命令変更になり、内地行が頗《すこぶ》る曖昧になりました。が昨日（二十七日）の命令で、部隊まで明瞭になりました。台湾に居残りの連中が、殆んど内地行と決定し、彼らの欣喜たるや言を俟《ま》ちません。それに反し、内地行と決定した中から台湾居残りが大部分出たので、すっかりショゲきってゐます。今朝、居残り部隊が到着しました。彼らの面上は歓喜に満ちてゐます。田中とも再び逢へました。彼は小月（山口県）の防空戦隊です。彼は卒業の時三番でした。私は兄の霊や祖先の加護により矢野少尉殿に次いで二番でした。勿論見習士官としては先任です。何だかうその様な気がしますが、皇軍戦闘隊の一員として決して恥づかしくない精神と技倆を、今後の戦隊で増々練磨しようと思ひます。

内地から特操の二期生が到着しました。弟が新に入隊した時の兄貴の気分は又何とも云へません。彼等は未だ本格的の訓練を受けてゐないので、何となくか弱い感じを受けます。我々も四ヶ月前迄はこうだつたかと思ふと、思はず微笑を禁じ得ません。

二式複座戦闘機「屠龍」

十九年七月三十一日、いよいよ実戦部隊にやってきた。

第一〇飛行師団第五三戦隊の戦隊長は児玉正人少佐（陸軍士官学校四六期）。装備機は、当時最新鋭の双発複座戦闘機*キ45改で、通称を「屠龍」と言った。

この戦闘機は、一九三四（昭和九）年頃から、仏、独を中心に始まった双発多座戦闘機開発の流れを受け、昭和十二年から開発が始まったものである。中島ハ20乙エンジンのキ45と称し、昭和十三年に試作機の初飛行にこぎつけたが、中島ハ20乙エンジンの不調により失敗、改めて設計主任者土井武夫技師による新設計により、キ45改として十六年九月に試作一号機が完成、その後各種テストの後、十七年二月に制式採用となった。

この機の大きな特徴は、双発であったために、大口径砲が搭載できたことである。最初の武装は、機首に一二・七ミリ・ホ一〇三機関砲が二門、胴体下部に二〇ミリのホ三機関砲と、後席に九八式七・九二ミリ旋回機銃があるだけであったが、B29に対抗するため、胴体下に三七ミリの九四式軽戦車砲を改造したホ二〇三機関砲を取り付けた乙型が十八年一月に完成、従来の甲型も順次乙型に改造された。

ところがこのホ二〇三は戦車砲に七発入りの弾倉を付けたにすぎなかったので、一分間に三発しか撃てず、一発必中でなければならなかった。

そこで同じく三七ミリの歩兵平射砲改造のホ二〇三機関砲搭載の丙型が作られ、十八年五月に配備、さらに十九年になると前席と後席の間の燃料タンクをはずし、二〇ミリのホ五機関砲を二門、斜め三〇度の角度で装着した「上向き銃」も導入された

（丙型丁装備機）。

そして五三戦隊は、すべてこの機種であった。

ただ、このキ45改は、元々爆撃機の護衛を主任務とする目的で設計されていたため、頑丈ではあったがその分重く、安定は良好なのだが、一旦安定を失うと、小型機に比べて回復が困難だった。特殊飛行などはまったくできず、宙返りが精一杯。離陸してずっと上に上がっていくだけしかできない。戦闘機との格闘戦などはまったく考えられなかった。

そして最大の弱点は、燃料タンクの防弾装置が薄弱であったことである。それは戦闘機としての双発であったため、他の双発機に比べると小型であり、そのため燃料タンクが翼内に装備され、それが両翼内の三分の一くらいのところまで伸びていたためである。またそのために翼面積が大きくなり、翼の被弾率が高くなった。

B29の一三ミリ弾がこのタンク部分に命中すると、ひとたまりもなく火を噴いた。何しろ敵機の目の前で火を噴くものだから、彼らはこの光景を「ライターのようだ」と言い、「ライター防衛隊」と嘲笑し、また恐れてもいたのである。

しかし、高々度邀撃戦闘機の開発が遅れた日本としては、この機を対B29戦の主力として使い続けざるを得なかった。この後これを夜間戦闘機とするため、機首を延長

プラモデルの屠龍（震天隊青木隊長仕様）とB 29（横に止まっているのは陸軍九五式小型乗用車「くろがね四起」（将校用自動車）。
いずれも1／48。メーカーは屠龍が「ハセガワ」、B 29が「Revell」（米国）、「くろがね四起」が「タミヤ」。飛行機は中まで作り込んであるのだが、組み立ててしまうとわからない。B 29の方は金型が悪くて、なかなか合わず困ったそうである。パーツに〝Little Boy〟（広島に落とされた原爆）と〝Fat Man〟（長崎）まで入っていた。（青木哲郎氏の長男恒之氏の妻の兄、模型作家・田中泰宣氏の作品）

　多くの屠龍のカラーリングは、このような濃緑の斑点迷彩であったが、これは夜間には非常に見にくかったようである。6月16日の北九州爆撃の際の米軍の報告書は、「日本機による迎撃はわずか16回で、そのうち3回のみが双発、後は単発機で、被害は高射砲によるもののみであった」としている。もちろん日本の単発機の出撃はなく、高射砲隊も戦果を上げていない。これは迷彩塗装と37mm機関砲の命中弾を高射砲のものと誤認したことによるものであった。

して機上電波標定機*を装備することとなり、試作されたが、量産には至らなかった。また五七ミリ・ホ四〇一機関砲を試験的に装備した機もあった。このホ四〇一は陸軍が実用化した最大口径砲で、のちにこの二式複戦の発展形というべき川崎の双発襲撃機キ一〇二乙に搭載された。また七五ミリ・ホ五〇一機関砲を搭載して射撃試験を行なったこともあったが、これは発射時の衝撃が大きすぎて胴体を徹底的に補強しなければならないことが明らかになり、実用化には至らなかった。

なお「屠龍」という名称は、軍部が「B29という龍を屠る」ということで、宣伝のためにつけたもので、搭乗員の間では「キの45」「二式複戦」「複戦」などと呼ばれていた。

またキ一〇二乙は他に胴体下に二〇ミリ機関砲二門を備えた重武装で、最大速度五八〇キロ／時と二式複戦より優れていたため、制式化はされなかったものの百数十機が生産された。ホ四〇一は発射速度は遅かったものの破壊力はすさまじく、二十年六月、航空審査部の島村三芳少尉は、一発でB29に大爆発を起こさせ、撃墜している。

〈写真17〉

第五三戦隊

ところが、青木が今まで訓練を受けてきたのは、すべて単発機だった。そこで、まず同じ双発の一式高練（高等練習機）に短期間乗った後、二式複戦の未修（慣熟）にかかりきりとなった。

複戦に乗った当初は、二つの回転計をブーストを加減して合わせるのに一生懸命だったが、やがてエンジン音でわかるようになった。回転数が一致すると、音が協和するのである。離陸時は、滑走中は右へ曲がり、尾輪が上がると反動で左へ頭を振る傾向があったが、これも慣れてくると瞬時に修正できた（写真30参照）。

〈写真18、19、20、21〉

そしてすぐに対Ｂ29の戦闘訓練となった。

訓練は、昼間は機首のホ二〇三による前上方または前下方攻撃、夜間は上向き砲による下方からの攻撃を想定して行われた。

前下方攻撃とは、敵機よりも二〇〇〜五〇〇メートルの上空に占位し、一旦降下してそれを速度に変えて、下方から攻撃するものである。ホ二〇三を撃つと、反動で機が一旦止まったような感じになる。

小月の第四戦隊では、この攻撃法で多くのＢ29を撃墜したが、これは一〇〇メートル以下まで接近してから、操縦席や翼のつけ根など、致命部に撃ち込まねばならない。

そのうえ発射したらすぐに回避行動に移らないと、本当に衝突してしまう。昭和十五年以来北九州の防空を担当し、外地での消耗がなかったので、ベテラン搭乗員が多かった四戦隊であったからこそ効果が発揮された方法だった。

それに対し、五三戦隊は、開隊して間もないこともあって、古い操縦者というものがいなかった。一〇〇〇時間程度が最高だったが、それも「練習機で学生に教えていた」というようなもので、青木など特操出身者は、だいたい二〇〇時間程度であった。五三戦隊でも、これでB29を撃墜したものもいたが、故障も多く、うまくあたらない。主に用いたのは、背中の上向き銃だった。夜間、照空灯に照らされた敵機の後下方から接近し、同航しながら攻撃するのである。吹き流しの先に豆ランプをつけたものを用いて訓練を行なった。

一方やってはいけないのは、通常戦闘機が行なう後上方攻撃であった。B29はスピードが速いので自然に真後ろからの攻撃となり、後部機銃で撃たれてしまうのである。

また五三戦隊は、五月二十三日付をもって、小月の第四戦隊と共に、夜間専任防空戦隊に指定されていた。そのため、昼間の訓練がある程度までゆくと、夜間訓練となった。夕闇が迫る頃から飛行場は活気づき、夜が更けるに従って、すみからすみまではち切れんばかりの緊張感に包まれてゆく。排気筒から青白いガスを吐きながら、轟音を残して次々と機が離陸してゆく。

飛行隊長の上田秀夫大尉らの組んだ猛訓練のおかげで、青木ら特操一期生のものたちも短期間のうちに夜間訓練まで行なえるようになったが、これが大変だったのである。

夜間は精神状態も日中とは異なり、感覚も一層鋭敏となる。地上目標の標定もできない。操縦席内にある計器類——羅針盤、傾斜計、従斜計、旋回指示器、速度計、高度計など——が最後の頼みになる。しかし人間の錯覚とはおそろしいものである。編隊飛行中に急降下を始め、危険状態にまで下がってしまった機がいた。僚機が直前方まで降下して誘導し、飛行場に着陸させて事なきを得た。編隊長機を見ながら真剣に操縦していたのだが、飛行機が思うように動かなかったのだという。

夜間射撃訓練は、九十九里浜沖で行なったが、その帰投中、出漁中の漁船の漁り火を飛行場の標識灯と見間違えて、海上方向へどんどん行ってしまったものがいた。本土の上空は、冬は特に偏西風が強い。高々度で西へ向かって飛んでも、なかなか前へ進まない。だいぶ進んだ気がして、もう飛行場だろうと思ったのが原因だった。

着陸時には、明々と照明を点けるわけにはいかない。そんなことをすれば敵に飛行場の位置を教えているようなものである。そこで最小限の燈火だけで、あとは鍛えた技倆とカンで着陸することになる。松戸ではスペリー車というトラックに大型ライトを載せた着陸用灯火も用いられたが、飛行場の隅に赤・青の標識灯を点灯して目標とした。灯火管制が解除されると地上の主な電灯が点く。北や西から進入する場合は、大宮駅と浦和駅の電灯が隣接して位置確認がしやすいので、そこから東へ飛んで着陸した。ある時、鉄道の駅の赤・青の信号灯に向かって着陸態勢を取り、降下していった機がいた。幸い発車しかけた列車に気づいて事なきを得た。

訓練が本格化し、照空隊と協力して訓練するようになると、光芒に幻惑されて機の安定を失い、回復できぬまま地上に激突したものもいた。

十一月十四日　快晴

（前略）

夜間演習にて、河島機、上田大尉機と離陸直後接触、墜落せり。同乗者山口兵長殉職、河島軍曹重傷。

先刻迄はハツラツたりし山口であありしに、今は亡き数に入る。第一小隊一の美少年、十九才を一期として武蔵野の原頭に散る。午前の演習で無線不通の為、午後、調整して置く様に頼んで居つたのに、無情と云へば無情。然し、彼の仇はきつと、我等四名が取つてやる。英霊以て冥すべし。

ベッドにありて、今は亡き彼の日常の事等思ひ出され、涙自づと溢る。

十一月十五日

本日、山口伍長の出棺式挙行。少年飛行兵十四期の美少年、今営門を去る。八月我等特操の着隊と同時に赴任せし彼、今三ケ月の戦隊生活を終へて、出で行く。然も再び帰らぬ人として。

このようにあまりに事故が起こるので、二式複戦は搭乗員の間で「殺人機」とまで呼ばれていた（写真86参照）。

この間、戦隊は、九月六、七日の二日をかけて、千葉の松戸飛行場に移駐した。この飛行場は、十五年三月、逓信省松戸飛行場中央航空機乗員養成所として発足した。当時は民間航空の勃興期で、そのための乗員を養成することが目的であったが、「一朝有事の際」には「帝都防衛」の任にも当たるという、「官民両用」の飛行場であ

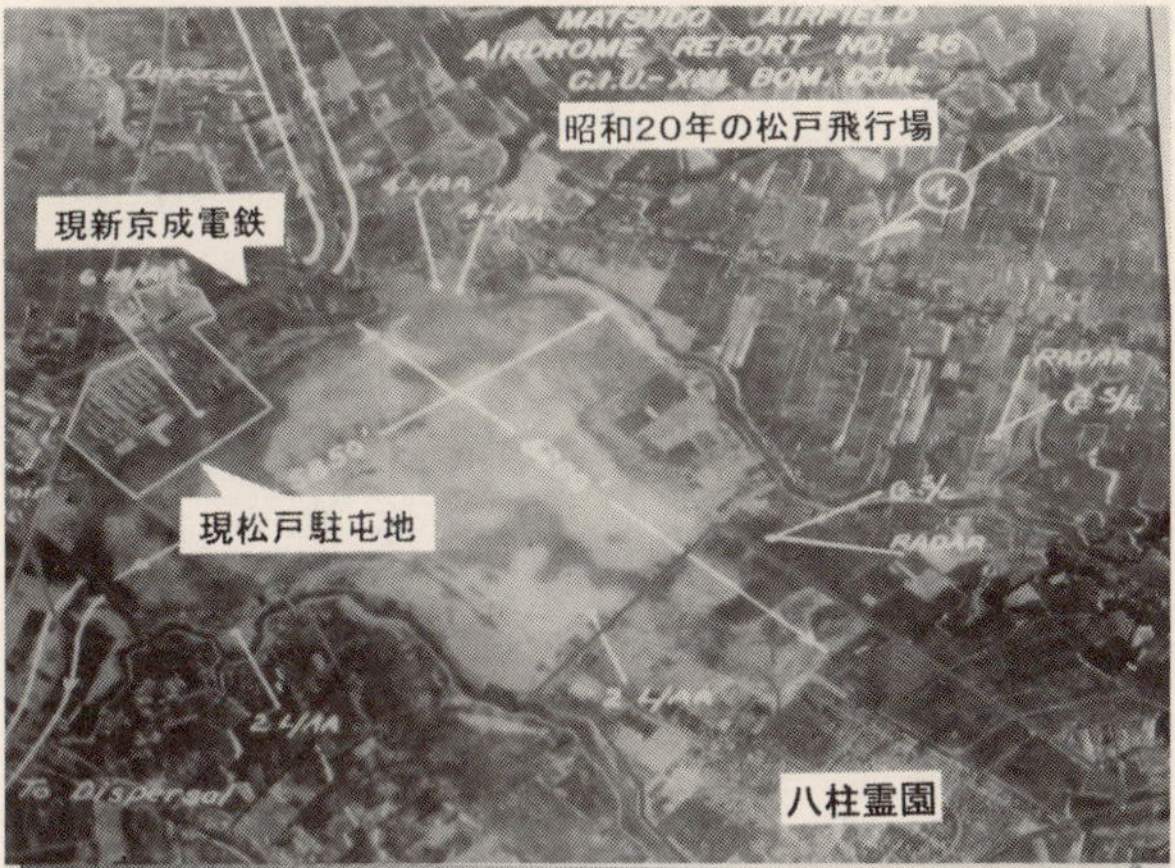

昭和 20 年の松戸飛行場。米軍撮影の写真。上部に〝MATSUDO AIRFIELD / AIRDROME REPORT NO.46 / C.I.U.- XXI BOM.COM〟とある。
（陸上自衛隊松戸駐屯地広報班提供）

った（写真87などのコメントに「養成所」とあるのは、この「中央航空機乗員養成所」のことである）。非常に広く、地面はすべて芝張りで、水はけも「地面排水及ビ地下排水ヲ併用」しており、非常によかった。そのため飛行機は、風向きがよいと、駐機しているところからそのまま滑走、離陸することもできた。

この頃には操縦者の練度も上がり、昼間なら三飛行隊（五三戦隊では「中隊」のかわりに「飛行隊」の名称を用い、第一飛行隊を「まつうら隊」、第二を「こんごう隊」、第三を「さゞなみ隊」と呼んでいた）のほぼ全機を動かせるまでになっていた。

十月一日、青木ほか特操一期生は、晴れて少尉に任官した。

〈写真22、23、24、25、26、27〉

「その当時は未だ敵機の影も見ず、皆んな元気一杯だつた」と青木は書いている（写真86参照）。そして青木自身この頃訓練のついでに、板橋区の成増にあった親戚の水上家へ急降下訪問を行ったり、高岡まで足を伸ばして実家の上空を何度も飛んでいる。弟の満は、日章旗を打ち振って、橋の上でそれを迎えていた。

しかしこの頃になると、サイパンが怪しいとか上陸があった、という話が聞かれるようになった。

特別攻撃隊の編成へ

アルバムのメモ（二冊目2頁）

昭和十九年十月十六日突然戦隊長ヨリ空中勤務者（操縦者ノミ）全員飛行場ニ集合スベシトノ命アリ。現下緊迫セル事態ニ処スル最後ノ肉弾戦法特別攻撃隊編成ヲ聞ク。ソハ悠久ノ大義ニ殉ジ人機一体玉砕シ以テ皇國戦勝ノ礎タラシムルモノナリ。然シテ之ガ為ノ志願者ヲ應募セル物ナリ。三日ノ余裕ヲモチ各人熱望、希望、白紙ニ分ツ。

三日の間に、どうするか決めよ、というのである。そして薄っぺらな紙がくばられた。

「生」と「死」が眼前につきつけられた。こうした時、映画やドラマなどでは、その場で全員が志願したりするのであるが、そんなにすぐに決められるものではない。

翌日（十月十六日付）の青木の日記。

昨晩は仲々寝つかれなかつた。色々な幻想や、空想やらが脳裡を去来した。昨日あの宣言を部隊長殿から言ひ渡された時、自分の心は去就、何れに決すべきやを明らかに迷つた。冷静な批判力が今迄の学生生活の中に深く根ざしてゐた。そして、そつと、今一度宣言を（自分は宣言と敢て云はう）思ひ起した。自分は絶対の立場に立つてゐる。そして何れかに自己の運命を決せねばならぬのだ。明後十七日迄、許された二日の期日の間、私は如何に苦しんだ事であらう。だが自分は矢張り神の御子たる日本臣民であつた。陛下の赤子であつた。

自分の死生観、この死生観に徹する者にして初めて、絶対の運命に身を委ねる事が出来る。自分の場合、死生観は、自己の浅薄な脳裡に蓄積された文字的のそれに依つて決するには、あまりにも大膽すぎ、寧ろ不可能であつた。そして自分が、甘んじて身を委ねた絶対の運命は、前者の如き物では全然なかった。自分は頭が簡単である。簡単であるが故に人生最大の倫理にいさゝかの不安気なく、身を投ずる事が出来たのだとすれば、自分は今までの生活・環境に絶対の感謝を捧げるものである。

感激といふものは、何時でも発散し収斂する物ではない。やはり動機がある。そして動機は、唯一つの事に帰一する。そしてそれに帰一し、考へる事に依つて、動機が生れ、感激が生ずる。

また帰一する物は唯一つだが、それになりきるには、環境があり、立場がある。如何に心がはやる共、環境が之に従はず、立場が不利であつたなら、或はそうした感激に浸る事は不可能かも知れない。嘗て、特操受験の時と、今回、この二回に於て、私は感激に心酔する事が出来た。私は今初めて絶対の立場に立ち、そして無上の感激に浸り、何の私欲もない。神聖なる自己を凝視しつゝ、ある事を自確した。恬淡といふのはこんな気持ちだらうか。唯嬉しい。この気持ちは戦友の大神のみが知る。彼は冷静なる理性の所有者だ。その為、自分とは意志疎通せざる事もあつた。が、真に私の立場を認め、快よく祝福してくれたものは彼であつた。彼と最後の決意を話し合つた時、彼は快よく私の壮意を了とした。私は私の全身心を彼に委ねる。恐らく彼は私の心事を誰よりも明確に細密に家人に知らせて呉れるだらう。日本臣民と生れた感激、それが本当に分つたのは、彼の特操受験の時だつた。一切を捨てゝ、利心を去り、悠久の大義に生くる喜び、之は到底筆舌に尽し得る物ではない。当事者以外には、凡そ馬鹿げたと思へる事も、無上の法悦なのである。

そして青木は、真っ先に「熱望」と血書して提出した。

これが十一月八日の特別攻撃隊の誕生となるのである。

体当たり訓練

その夜、徹夜で、新品の機を特攻用に改造する作業が行なわれた。操縦席の後ろの防弾板も取ってしまう。同乗者はなくなるので、後席をはずし、空気抵抗を抑えるために風防の開口部を金属板でふさぐ。高々度飛行には絶対必要な酸素ボンベもはずし、酸素発生器のような軽いものに換える。無線アンテナは金ノコで引いて短くした。これで約二〇〇キロの重量が軽減された。

そして最後に機体に大きく赤い「梓弓」のマークが描かれた。これは今井五郎軍曹(少飛一〇)の発案で、楠正行の「返らじと兼て思へば梓弓なき数にいる名をぞとゞむる」(『太平記』巻二十六「正行参吉野事」)に因むもので、特攻隊も楠木正成の居城から「千早隊」と命名された。

〈写真28〉「第三」震天隊とは、五三戦隊のものであることを示す。印旛の二三戦隊のものを第一、成増の四七戦隊を第二、柏の七〇戦隊を第四、調布の二四四戦隊のものを第五と呼んだ。

十一月九日

昨夜徹夜で整備せる新品の機、それは全然無装備、機関砲は全部取り外し、火器は一挺もつけず。極力軽くした機、これが今我等を待つて悠然と体当りの翼を休めてゐる。

午後時間飛行。

〈写真29、30〉胴体に描かれた梓弓、短く切ったアンテナ、後席の風防のカバーなどがよくわかる。斜線は赤で、隊長機を示す。

十一月十日

その名も太刀・神通の二隊に分ちし我等四名、兄弟以上の団結、これぞ死を共にする尊い男一匹、陸軍戦闘隊の真髄なのだ。越中の霊山太刀山をとつた太刀隊、これが自分の分隊の名前だ。

早速高々度試験飛行実施。上昇限度を測定する為のもの。八〇〇〇米迄至極順調に上りたるも、九〇〇〇迄七分、九千米より一万米迄二十数分、殆んど上昇反転する位に機首を上げて上るも、一万以上は無理だ。酸素の有難味が分る。作動油洩れの為着陸せんとするも、上空の猛烈な偏西風に流され、地点標定出来ず。ガソリンは刻々なくなるも、何処が何処だか、全然分らぬ。低空には一面に層雲広がり、地点標定の術もない。こういう時は平静を失ひ易いものだが、自分は案外落着けた。無線で帰方位を聞いたが、方向探知機故障の為、分らず。無線でしきりに、位置・高度を知らせと来るが、位置が全然分らない。愈々不時着を決心し、海岸の砂浜へ着陸しようと思つたが、未だ燃料があるから飛べるだけ飛ばうと思ひ、機首を北西に向けた。と彼方に盆地らしき物が見える。どうせ不時着するなら、あそこへ行こうと意を決し、向つた。仲々遠い。どうやら飛行場らしきものが目に見える。漸《よう》く辿《や》りついた。狭いが今はそんな事を云つて居れない。脚を出したが、油洩れの為出ない。悪い時には悪い事が重なるものだ。今迄三回程脚の出ぬ時はあつたが何とかしてやつた。が今度は一番厄介だ。右脚だけは出たが左が出ない。幾らポンプをついても出ない。手に血豆迄作つたが駄目だ。胴体着陸をするより致し方無しと考へ、試みに「常時」にしてポンプをついた所、意外、「脚」の青燈が点ずるではないか。〝占めた〟と思はず云つた。燃料は後約二十分しかない。さて、フラップと思つたが、「脚」の操作に全油を使用せる為、フラップは全然開かない。えいま、よと自己の技倆を信じ、最も慎重に、而も最も大膽な方法で着陸した。兎も角止つた。要するに、落着いて、気を大きく持ち、慌てな

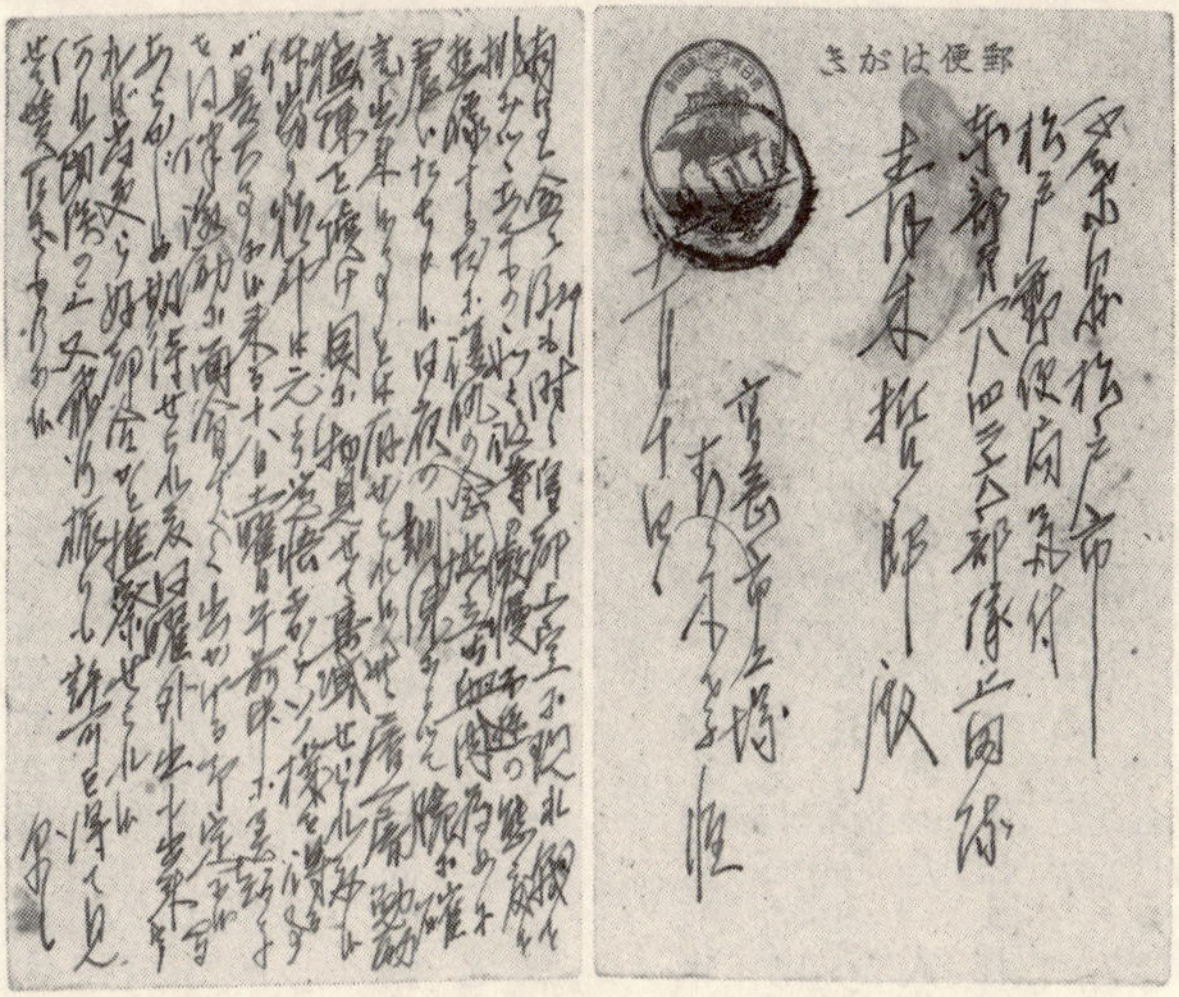

〈家からの手紙〉

拝呈　愈々B29も時々皇都上空に現れ、我を挑みつゝあるもの、如く、彼等の傲慢不遜の態度を想像するだに復仇の念燃立ち、血肉為めに震いたち申し候。日夜の訓練によつて腕に確信出来候事とは存ぜられ候へ共、層一層勉励猛練を續け、目に物見せて撃滅せられ度候。体當り精神は元より覚悟ながらソノ機を得る事が最大事に候。来る十八日土曜日午前中に美智子を同伴、激励に面會すべく出かける予定に候間、あらかじめ期待せられ度、日曜外出も出来得れば尚更ら好都合かと推察せられ候。何れ面談の上、又飛行振りも許可を得て見せて貰たきものに候。　早々い事が一番だ。郡山の第二海軍航空隊と聞かされた時は、全くの方向違ひに、思はず唖然たらざるを得なかつた。

当日は矢吹飛行場に一泊、藤原君と大いに気焔を上げ、愉快だつた。

〈写真31〉

四人はそれまでの夜間の勤務から昼間の勤務となり、宿舎は特別なものが与えられた。そして、起床も就寝も自由になった。とにかく、訓練の時間までにピストに行けばよいのだ。それでもだいたい青木が真っ先に起き出していた。他の隊員、「いつも隊長には迷惑をかける」

食事もよくなった。だいたい陸軍でも海軍でも、パイロットは食事に恵まれていた。体力を消耗し疲労が重なると、事故につながるからだ。牛乳、卵、野菜、果物なども、機上勤務者には優先的に配食され、ビタミンの補給が図られた。「航空元気酒」という生薬配合の、おいしくない酒もあった。人気があったのは、チョコレートの中にウイスキーが入っているもの。ポケットに入れてゆき、飛行中にかじっていた。それが、第一〇飛行師団は帝都を防衛するのだからという東條総参謀長の鶴の一声でさらに向上した。

また五三戦隊では、開隊した直後、師団参謀の中佐がやってきて飛行機に乗せるように命じたので、根岸延次軍曹（少飛九）が屠龍の後席に乗せて空中を引っ張り回したらまいってしまって、「こんな過激な勤務じゃ、普通の麦メシじゃダメだ」ということになり、白米のメシになっておかずもよくなった。その上に夜間専任だったので、夜目が利くようにと言って、何の魚の卵だかわからないものを、毎日食べさせられた。ビタミン剤やブドウ糖の注射もあって、「軍医さん、痛いからいいよ」と言うと、「痛ぇなんて言ってたら、命はねえぞ。死にたくなけりゃ、打て」などと言われた（しかしそれでも海軍よりは劣っていたようで、海軍基地に不時着した搭乗員は、その豊富かつ上質な食事にびっくりしたそうである）。

それが更によくなったのである。これは海軍でも同じだったのだが、どうせ死ぬのだから、最後くらいよいものを食わせて、よい目を見せてやろうということだったのだ。

ただ、そうは言っても、「いつ死ぬかわからない」状態で、そんなに飲んだり食ったり、気楽にできるはずがない。青木も、一時は食も進まず、なかなか寝付かれず、体重は七キロ以上も減少した。（アルバム二冊目　12頁のメモ〈134頁参照〉）

〈写真32、33、34、35、36、37、38、39〉

十一月二十四日

遂に来るべき物が来た。十二時頃突如B29来襲の情報入る。敵の波状攻撃は第二波・第三波と東京を中心として四方から来襲した。待ちに待つた特攻隊出撃の命下る。互にシツカリやらうぜと手を握り合つて、各機に走つた。ニッコリ笑って入山機が出た。愛機も猛然と滑走した。木更津上空七〇〇〇迄上つた。各機バラバラだ。九〇〇〇位と七〇〇〇位の間が空いてゐる外、満天雲だ。友軍機が飛行雲を引きながら走つてゐる。情報は来るが一向敵機が見当らぬ。滑圧は下る。駄目だと思つて着陸を決心し、二千迄降りたが、敵影を見ずして下るのは残念だ。と又情報が入る。又高度を取つた。H八〇〇〇にて哨戒、帝都上空から川崎辺りを旋回中、又しても情報。だが見えない。燃料も残り少なだ。着陸しようと思つて機首を飛行場に向けた途端、左前方を飛翔するB29六機編隊が見えるではないか。此奴と思つたが高度が大分高い。高射砲の弾幕がB29の下の方でサク裂してゐる。追尾だ。高度を取りながら追尾した。が距離は次第に離れる。九〇〇〇迄上昇追尾せるも遂に燃料無く、遅れ、断念せり。残念なり。

入山機銚子上空にて体当りせる物の如し。

彼の帰りを待つたが、何の情報も入らない。愈々《いよいよ》彼はやつたか。何とか情報が入らないか。よし彼がやつたとせば、何で彼一人を殺さう。明日、明日こそ我々残り三名が体当りをやるのだ。入山、しばらく待て。そして五三戦隊の特別攻撃隊の精神を彼奴米鬼に見せてやる。然し何とか生きてゐてくれ。明日もきつと来る。今度こそやつてやるぞ。恐らく今の手記が最後の文句となるであらう。

あの真白い翼、胴をギラギラ輝かしたB29は、見たゞけで、頭がクワッとする――。

御両親様、愈々哲郎は明日やります。きつと笑つて見て下さい。美智子もしつかりせねばならぬ。唯悲しんでは駄目だ。僕は決して死んではゐないのだ。満は立派な男となり天子様の為に何時でも死ねるだけの精神を作れ。兄上の御大成をお祈りします。利恒兄さんの霊よ、守つて下さい。きつとうまく体当り出来ます様に。

この時来襲したB29は約七〇機。目標は北多摩郡武蔵野町（現三鷹市）にあった、戦闘機用エンジンの三〇パーセントを生産する、中島飛行機の武蔵工場（現SUBARU東京事業所）であった。ところが一一一機出撃したうち目標上空に到達できたのは二四機。それでもM26二五〇キロ爆弾を中心に一機あたり平均四・五トンを投下したのだが、高度が九〇〇〇メートルであったため、命中した爆弾は五発（一発不発）のみで、生産に影響するような被害はほとんどなかった。

それに対し、邀撃した日本側は、五機撃墜、九機撃破を報じた。日本側の損失は七機。

入山稔兵長（少飛一三）は、銚子上空からB29七機の編隊を追跡し、市川上空でその外側の一機に後上方より突進したが、敵編隊の集中砲火により戦死した。

五三戦隊では、青木と同じ特操一期生の増田少尉が敵機の下方から接近し、ホ五を二〇〇発も撃ち込んで東京湾に撃墜した。

四七戦隊では、特攻隊の見田《みた》義雄伍長（少飛一二）が二式戦「鍾馗」によって銚子から五キロの沖合まで追撃、体当たりを敢行し、敵機は炎と化し、海中に突入した。これが関東上空における最初の体当たりであった。また独立飛行一七中隊（調布）の伊勢主邦中尉（航士五五）も武装司偵で同乗の福田成弥兵長と共に体当たり、戦死した。

十一月二十五日

〝青木少尉殿、やりますよ〟とでも云つてゐる様でもあり、〝入山兵長、僚機〟と張切つた敬礼をして云つてゐる様でもある。が彼は帰らぬ人となつた。遺骸は昨夜悲しくも帰つて来た。敵機と体当り寸前、敵の火網の為、失神、戦死したのだ。数ケ所に受けた敵弾は、如何に彼が勇敢な行動を為したるかを証明するであらう。十五時より、出棺式挙行。うやうやしく彼の霊前にぬかづけば、感慨新たに昨日の事思起こされ、涙が頰を伝ふ。

この後、青木はじめ戦友が遺品を整理していると、辞世の歌が出てきた。

かえらじとかねて覚悟の若桜玉と散る身の今ぞ楽しき　稔

なお、この時体当たりしたと思われた大崎樹満伍長（逓信省熊本航空機乗員養成所↓操縦予備下士官）は、生還した。

〈写真40、41、42〉

この空襲後、吉田師団長はただちに特攻隊の増勢を命じた。

〈写真43、44、45〉

十一月二十六日　朝日新聞

覆面脱いだ〝屠龍〟陸軍の新鋭複坐戦闘機

比島をはじめ決戦場の空に俊敏の翼を駆つて敵を畏怖せしめつゝある我が陸軍新鋭複坐戦闘機が覆面を脱いだ、この新鋭機の名前はさきに比島方面の航空作戦で武功を累ね感状を授与された新藤中佐に対する感状の冒頭の言葉――

屠龍の気魄烈々…

の〝屠龍〟であるが、ビアク島で壮烈な体当りをした高田戦隊長の壮挙もこの〝屠龍〟によつて敢行されたものであり、B29の邀撃戦に輝かしい戦果を上げつゝある覆面機もこれであつて、重爆撃機として既に馴染の深い〝呑龍〟が龍を呑むのに対しこの新鋭複坐戦闘機は龍を屠るといふ共に〝必墜必沈〟の気魄をもつたもので〝飛龍〟と共に龍に因むこの〝翼の龍〟は決戦を勝ちとる誉の翼ともいへよう

十一月二十七日

陰鬱なる空模様。昨日新たに菅原中尉殿以下五名、特攻隊へ入隊、隊長に菅原中尉殿を頂く。十二時過又もや戦備懸かる。こんごう、まつうら、さゞなみ隊は出動せる

も、我々には命令が下らぬ。情報を迎へて、我々は機上に出撃の準備をする。十二時頃突然、物凄い音響を立てながら、頭上に覆ひかぶさる如く落下する物がある。B29だ、と誰しも思ったが、途端市川辺りにもうもうたる白煙。爆弾だ。全天を覆ふ密雲上からの盲爆だ。十六時より、田辺・山口両伍長の告別式執行。

この日の爆撃は、B29約四〇機が中島武蔵を目標として行なったが、悪天候のため第一目標の攻撃に失敗し、雲上から新宿、原宿、東京駅、本所、深川、船橋などに散発的に爆撃を行なっただけであり、被害は少なかった。
また邀撃も、密雲のため、まったく不可能だった。

〈写真46、47、48〉

十一月三十日
夜間敵機の盲爆あり。四時頃迄殆んど一睡も出来ず。東京方面に相当大なる火炎あり。

この日は初の夜間爆撃であった。B29は降雨の中、二〇機で午前零時から四時三十分にかけて都市部に波状攻撃をかけた。しかしこの日は雲が厚く張りつめ、レーダー照準によって湾岸工場地帯とドック群へ投弾したはずが大きくそれ、神田、日本橋付近に落下、火災により九千戸に被害が出た。

邀撃機は、高度七〇〇〇以上に上昇することができず、まったくどうすることもできなかった。

十二月三日

我が電*波警戒機、硫黄島を通過途上の敵編隊捕捉。

遂に来た。我が鉄桶の防空隊に油断があらう筈はない。特攻隊出動。今日こそは、今日こそはと思つたのに、遂に武運拙く飛行場に降り立つた。

沢本は体当りをやつたらしいが、はつきりしない。焦慮の中に日は落ちた。

この日の来襲機は七〇機であり、目標はやはり中島武蔵だった。

特攻隊は八機全機が出撃、一時間近くかかって高度一万メートルに達したものの、B29が待機した空域を通らず、七機までが敵を見ずに終わった。

しかし、沢本政美軍曹（操縦下士官九三期）のみは、立川上空を東進中の七機編隊を発見、追跡し、印旛沼上空で捕捉、千葉県栗源町（現香取市）上空で体当たりを敢行し、敵は鹿島灘に墜落した。

十二月四日

沢本の体当りが確認できた。万才。

夜一同祝杯をあぐ。

〈写真49、50〉

十二月六日　朝日新聞

震天制空隊　見田伍長も體當り　B29邀撃に出動

本土防衛特攻隊

大本営発表（昭和十九年十二月五日十六時）

帝都附近に於て十一月二十四日B29を體當りに依り撃墜壮烈なる戦死を遂げたるは陸軍伍長見田義雄にして十二月三日體當りせる陸軍中尉四之宮徹、陸軍軍曹澤本政美、陸軍伍長板垣政雄と共に特別攻撃隊震天制空隊なり

主戦法は體當り　東久邇防衛総司令官の御命名

帝都制空のみならず国土防衛の重責に任ずる制空部隊はすべて必至必殺の体當り戦法をもつて敢闘してゐるが、五日の大本営発表により去る二十四日体當りによつてB29を撃墜せる見田義雄伍長ならびに三日体當りを敢行した四之宮中尉、澤本軍曹、板垣伍長もすべて特攻隊震天制空隊であり、本土防衛のためにも特別攻撃隊が存在することが明らかにされた、本土防衛の特攻隊は体當りを主たる戦法としてB29を撃墜することを任務とするものである、今回発表された震天制空隊の名称は畏くも東久邇防衛総司令官殿下の御命名によるもので殿下の本土防衛に寄せられる御心の程を拝して隊員一同感奮興起してひとしほ必殺制空の念を堅めてゐる、今後さらに熾烈化を予想されるB29の本土来襲に対してわが本土制空隊のさらに赫々たる戦果が期待されるが、銃後国民また同隊の敢闘精神を心とせねばならぬ

この日の邀撃戦で一躍名を高めたのが二四四戦隊であった。特攻隊長の四之宮徹中尉（空士五六）以下、板垣政美伍長（少飛一二）、中野松美伍長（同）が体当たりでB29を撃墜した上、全員が不時着や落下傘降下で生還したからである。特に中野伍長は敵機の上に「馬乗り」になって撃墜したということで、不時着した乗機は、その後日

(日刊)

朝日新聞

昭和十九年十二月二十六日

本土防衛特攻隊

「震天制空隊」

昂邀撃に出動

主戰法は體當り

東久邇防衛總司令官宮の御命名

大本營發表（昭和十九年十二月二十五日十六時）

かねての決意

友軍機が確認

待機する特攻隊

銃後も"補給"で續け

レイテ將兵、呑敵の氣魄

撃破炎上二百

グルー、國務次官に

狼狽の敵基地

比谷公園に展示された。

そして日本側はこの戦闘で二一機を撃墜（うち不確七）したと発表した（米軍によると、損失六、損傷六）。

〈写真51〉昭和十九年十二月四日付朝日新聞に掲載された写真。「帝都上空、白煙を曳くB29。わが戦闘機に追ひまくられ編隊より脱落。きのふ午後三時半撮影」日本軍機の左側の印画紙上にボールペンによる書き込みがあるのだが、薄くなってしまって判読不能である。当事者にはこの機が誰のものかわかっていて、それに関する注記であったと考えられる。

震天制空隊

十二月五日、特攻隊の士気を高めるため、防衛総司令官東久邇宮稔彦大将は、一〇飛行師団のものを「震天隊」、北九州を守る一二飛行師団のものを「回天隊」と命名した。この名前は翌日の新聞で大きく報じられたので、東京都民は、「震天制空隊が我々の頭上を守ってくれる」と信頼感を抱くようになった。

十二月七日

終日快晴。定期便は一回も顔を出さず。愈々明日。

十二月八日

大東亜戦争四年目の朝は明けた。寒風凜烈、凍てつくやうな北風を真ともに受けて、大きく深呼吸をする。

待ちたる八日、敵撃滅の日、マリヤナ基地の敵機はきつと来る。ピストに待機するや、早くも情報入る。必殺の気を眉宇に浮べて我等四名、渡辺少尉・飯岡軍曹・田上《たのうえ》伍長は整理に余念なし。敵機来襲予想時刻一二・三〇～一三・〇〇。丁度今十一時、一〇時四〇、父島北上中の敵編隊あり。

今の心中、唯生もなく死もない。空は快晴、一片の雲無く、高層風は今日も九〇～一〇〇米ならん。やがて始まらんとする撃滅の時を待つて、基地は今静寂そのものなり。

又も情報、命令、まつうら一一・二〇分出動、芦湖上空高々度と入る。サイパン出発況報、第一波六・〇〇、第二波八・〇〇、第三波九・〇〇～一一・〇〇の間離陸完了の模様。相当大なる来襲予想さるとの情報入る。

だが遂に今日は敵機を見なかつた。

夜、一機、朝の三時頃来襲、飛行場付近に焼夷弾落下。

この頃米軍は名古屋に目標を変え、十三、十八、二十二日と、三菱重工名古屋航空機製作所に爆撃を行った。この爆撃により、十二月七日の大地震によって大きな被害を受けていた同工場は壊滅した。その間東京には、連日単機または少数機をもって来襲し、偵察や焼夷弾攻撃を繰り返していた。爆撃は高々度から行なわれたので、邀撃は困難を極めた。そして五三戦隊では十二月十一日、飛行時間五〇〇時間以上の津留正人中尉（航士五六）を喪った。

〈写真52、53〉

十二月下旬、「震天隊」は編成替えを行った。これは夜間高々度の来襲に対応するため、普通編成を充実する必要に迫られたからである。第二次編成の七名のうちから菅原中尉、今井軍曹、大崎伍長、山田伍長が戻り、新たに渡辺泰男少尉（幹部候補生）が加わって、四名となった。隊長は渡辺少尉である。

〈写真54、55〉

十二月二十七日

〈写真56〉

この時、青木は渡辺機の体当たり直前までは見届けたが、最後まで確認することはできなかった。青木の目標のB29が目の前に迫っていたからである。「青木荒ワシ、ただいまより体当り」「青木荒ワシ体当り、諒解、諒解」。青木が突進すると、敵機も気づいて機首を下げ、増速、退避に移った。青木が追撃する。ところがその瞬間、ガクンというすごいショックとともに、舵が利かなくなった。そして機が真っ逆さまに落ち始めた。B29の後部の乱流に巻き込まれたのである。そのまま二〇〇〇ほど落ちたら、舵が利くようになった。機を立て直したものの、もうどうしようもない。

基地から「青木荒ワシ、どうした、どうした」と言ってくるが、何も答えられない。そのままB29群を見送らねばならなかった。そして着陸してみたら、エンジンカウルのビスが全部浮き上がって、もう少しでバラバラになりかねない状態だった。それだけ激しい後流だったのである。

この時の来襲機は約五〇機。目標は中島武蔵であった。渡辺少尉が体当たりしたのは、アンクル・トムズ・キャビンNo.2。東京湾上に墜落した同機は、大爆発を起こしたが(乗員のうち三名は脱出)、機体はのちに揚収され、前脚、タイヤ、補助燃料タンクは、日比谷公園に、中野伍長の三式戦と並んで展示された。またこの時は渡辺少尉のほかに、二四四戦隊で吉田竹雄軍曹(操下士九〇)が体当たり戦死し、日本側は計一四機撃墜(うち不確五)と発表している。

〈写真57、58、59、60〉

昭和二十年一月一日

栄光に満ちたる昭和二十年の元旦を迎ふ。凛烈たる寒風は吹き募り、昨夜来の空襲に、多端なる昭和十九年を送り、勝利への昭和二十年を迎へた基地は、一種悽愴な空気に漲つてゐる。

九時より遙拝式施行。戦隊長の訓辞も或は風に消えん僅《ばか》りである。我が戦隊は常在戦場、帝都防衛に一日の安閑も許されぬ。夢寐の間、敵機とにらみ合つてゐるのである。記念撮影を了へた我々は、宿舎へ帰つて睡眠を取つた。

(著者註・日記はこの後一月三日で終わっている)

〈写真61、62〉一・二冊目のアルバムの人物名の上につけられている「故」は、インクの濃さが違っていたり、右ないしは左にずらして書いてあったりするため、ほとんど後から書き込まれたものであることがわかる。

渡辺隊長を喪った震天隊では、一月三日、児玉戦隊長が再び山田健治伍長を隊員に任命し、隊長には青木少尉を起用した。第四次震天隊である。
〈写真63、64、65、66〉

なお、この日、一般編成に戻っていた菅原中尉が、夜間邀撃の際にエンジン故障により墜落、戦死した。
〈写真67、68、69、70、71〉

一月中旬、米軍は攻撃目標を中京地区の軍需工場に指向し、名古屋の三菱重工業航空機製作所や三菱重工業発動機製作所などを狙って攻撃を行なった。

それが一月二十七日、七十六機が東京へ向かった。目標は中島武蔵であったが、雲と強風に妨げられて目的を達せず、第二目標の東京市街地に投弾、麹町、浅草、荒川、向島、江戸川の各区に相当の被害が出た。

この日の帝都上空の邀撃戦は激烈を極めた。昼間の空襲であったため、五三戦隊は一部だけが出動したが、最初の特攻隊のメンバーであった今井軍曹が敵機を追って帰らず、戦死した。二四四戦隊では戦隊長の小林照彦少佐（航士五三・生還）、二番機の安藤喜良軍曹（少飛一一・戦死）、中野松美軍曹と板垣政雄軍曹（いずれも二度目・生還）、田中四郎兵衛准尉（操下士八一・重傷）、震天隊隊長高山正一少尉（航士五七・二度目・戦死）の六機、四七戦隊では坂本勇曹長（操下士九一）と鈴木精曹長（同）の二機、また常陸教導飛行師団でも小林雄一軍曹（少飛一〇）、同乗鯉淵夏夫兵長（少飛一四期）が武装司偵で体当たりしている。

〈写真72、73〉

アルバムのメモ（二冊目12頁）

一月下旬、既ニ数度ノ戦闘ニ逐次俺ノ気持モ落着イテキタ。事実、弾丸一発持タズ、唯々体当リモテB29ヲ撃墜セヨトノ命ヲ受ケ、一日々々ヲ最後ト思ヒ、ソレ丈《だけ》ニ絶対ノ立場ニ於テ、苦シメル丈苦シイ修養ヲシタ。ソシテ俺ノ様ナ凡人ガ「死生観」ニ徹スルニハ、一時ハ食モ進マズ、仲々ネツカレズ、体重ハ二貫目位モ減少シタ。然シ、悟リ切レヌ中ニモ心ノ満足ガ得ラレタノデアラウカ、一月下旬ニ至ル間ノ体当リ攻撃ト、弾雨ノ下ヲ潜ツタ肉体ガ精神ガ、イツノ間ニカ「死生観」ニ対スル満足スヘキ心ノ余裕ヲ與ヘテクレタ。コノ頃カラ終戦時迄ノ俺ノ気持ハ恐ラク生涯ヲ通ジテノ最モ崇高ナモノデアツタラウ。

〃アナタ方ハ弾丸一発モタズ、唯、ブツカルンデスカ?〃トアル新聞記者ハ俺ニ全情シタ積リデ云ツタ。〃ソレデ国ガ救ヘルノナラ、チツトモ悲イ事ハナイデハナイカ〃ト俺ハ恬淡ニ答ヘテヤツタ。

〈写真74〉

二月十日

〈写真75、76、77〉

この日二十二時頃、ピストの拡声器から「飛行五三戦隊の四機、御前崎上空高々度」という指令が流れた。高石正男軍曹(少飛七)はじめ警急勤務に当たっていた四機がただちに離陸した。

このうち、近村三郎伍長(少飛一四)は、上昇中に左エンジンが不調となり、エンジンを絞ったりしているうちに爆発音とともに発火した。そこで左エンジンを止めて、方肺で降下してきたら雲の中に入り、姿勢を保つのにも苦労する状態になった。その時先輩の高石軍曹の機が近寄ってきて、「飛行場には帰られんかもしれない。近村、落下傘で降りろー」と厳しく命じられた。高度は一〇〇〇メートル程度。恐怖心もあったが、風防を開け、思い切って飛び降り、こちらは生還した。

二月十六、十七日

硫黄島への上陸を前に、米海軍第五八機動部隊は、二月十六日早朝、東京の南東わずか二〇〇キロメートルの洋上に現われた。硫黄島への増援を阻止するため、関東地区の航空施設を制圧するためだった。

十六日午前七時十五分過ぎから、F6F、F4U戦闘機に護衛された、爆装したTBM雷撃機、SB2C爆撃機などが、関東地区の各飛行場や中島太田工場、浜松などに来襲した。日本側の判断では、その数は七波、計九四〇機にも及んだ。そして十七日には四波、五九〇機であった。

第十飛行師団では、夜間専任の五三戦隊以外の各隊がこれを迎え撃ち、十六日に撃墜九〇機、撃破五〇機を記録したが、未帰還機も三四機に上った。

この両日の陸海軍の戦果の合計は、大本営発表によると一九五機で、損失は六〇機である。しかしこれは明らかにオーバーな数字である。一方米海軍の報告書は、撃墜三三二、地上撃破一七七、損失四九としているが、三三二機というと、関東地方の陸海軍機のすべてを墜としたということになり、こちらも大量の誤認を含んでいる。

損失については、米側に八八機という説もあるので、これから考えると、ほぼ互角の戦いであったということができるであろうが、余力のない日本の方が、ダメージは大きかった。

ところで、それまでも、既に二月九日、防衛総司令部における方面軍司令官の合同会議の席上、島谷防衛参謀から、小型機に対する邀撃戦闘を避け、本土決戦に備えて航空戦力の温存を図るようにという説明があったが、この十六日、白銀防衛総参謀副長より、対艦載機戦闘制限の指示が正式に出された。これによって、二式複戦、百式司偵の部隊はB29のみを相手とすることとされた。

これに対し吉田師団長は、「敵の機種が判明してからでは、時機を逸する」「出撃を制限すれば、戦闘機隊の意気が消沈する」と反対したが、聞き入れられなかった。

四月八日、「決号作戦準備要項」が正式に下達された。

㈢　作戦要領

航空作戦指導を敵の上陸企図破摧に指向し、その攻撃目標は敵輸送船団とする。このため航空撃滅戦（敵基地航空及び上陸部隊を伴わない敵機動部隊に対する攻撃）、防空作戦及び地上作戦協力等は右趣旨達成を主眼とし適宜その限度を律し、対上陸作戦に於ける戦力の維持培養に遺憾なからしめる。

そのため、これ以降、各隊は機材を銃撃から守るため、飛行場から離れた掩体壕や林の中に隠したり、安全な場所まで空中退避した。松戸では、隣接する八柱霊園の中にも掩体壕を設けていた。

〈写真78〉

〈写真79、80、81〉

二月十九日

この日本本土爆撃に大きな転機がもたらされた。これより一ヵ月前の一月二十日、米第二〇航空群の司令官アーノルド大将は、サイパン・テニアン・グアムにいる第二一爆撃コマンドの司令官ハンセル准将を罷免し、替わってカーチス・E・ルメイ少将を司令官に任命した。

日本の都市が火災に弱いことは、米では既に大正末から指摘されていた。アーノルドは焼夷弾をもってする地域爆撃を実施し、日本国民の戦意を喪わせることが、戦争を終わらせる早道だとしてこれを命じていたのであるが、ハンセルは精密爆撃を忠実に実行していたからである。

ところが、日本の戦闘機の行動を阻んだジェット・ストリームは米側にしても難物だった。時には時速三〇〇キロ／時にも及ぶ気流に乗ってしまうと、機速は八〇〇キロ／時近くになり、爆撃針路の保持や照準が非常に難しくなった。また写真のメモや日記にも見られる通り、この年の気象の状況は、悪かった。中島飛行機武蔵工場は、「三五七目標」と呼ばれていたが、何度爆撃を行っても致命傷を与えられないので、搭乗員たちからは「縁起の悪い目標」とされていた。そこでアーノルドは、対独戦で「絨毯《じゅうたん》爆撃」の実績があるルメイを起用したのである。

ルメイも始めは精密爆撃を実施しようとした。

二月十九日十四時四十分、約一五〇機のB29が来襲した。目標は中島武蔵であったが、雲量多く、爆撃は不可能であった。そのため、八～一八機に別れて第二目標の市街地を無差別攻撃した。

この日の邀撃に、一〇飛行師団では計一一〇機、五三戦隊は震天制空隊を含む全力が出動した。

数日前、航空長靴を磨きながら、「これをアメちゃんに嘗めさせるんだ」と笑っていた山田伍長は、青木隊長のもと出撃し、東京上空を高々度で東進するB29一二機編隊を発見、追跡し、その外側二番機に正面から突入した。敵機・スーパーワビットは真っ二つに折れて墜落（搭乗員は全員戦死）、山田機は黒煙を吐きながら錐揉みで落下、遂には火ダルマとなり、足立区北鹿浜町（現鹿浜）に墜落した。残された日記には、「君のため何か惜しまん若桜散つて甲斐ある生命なりせば」の歌と、「わが陸軍特攻隊員として選ばれる。ああなんたる光栄ぞ。男として生まれたる歓びを感ず」の文章が残されていた。

〈写真82、83〉

青木と同じ特操一期生の広瀬治少尉は、さゞなみ隊の第四小隊長として三機を率いて出撃、第一編隊の一機を撃破したが、その攻撃で全弾を打ち尽くした上、右エンジンに被弾したため、続く第二編隊中の一機に体当たり、敵機は火を噴き空中分解、広瀬機は山梨県北都留郡西原村（現上野原市西原）に墜落、広瀬少尉は戦死したが、同乗の加藤君男伍長は、体当たり時の衝撃で機外へ投げ出され、落下傘降下により生還した。

この日防空部隊は、甲府付近から帝都上空、銚子付近に至る全空域で敵機を攻撃し、撃墜二一、撃破四機の戦果を報じた（米軍によると損失六、損傷五三）。これから見ると、帝都制空部隊はこの頃になるとようやく戦闘力を発揮し、撃墜することは難しくても、よく接敵攻撃を加えることができるようになった、ということができる。

二月二十五日

日本各地への初攻撃を終えた米第五八機動部隊は、二月十九日からの海兵隊の硫黄島上陸を支援した後、再び二十五日午前中に関東地方へ空襲を行った（日本側判断では延べ六〇〇機）。これを迎え撃ったのは海軍機のみであった。通信探知によりB29の来襲が予想されたからである。

各戦隊が待機しているうちに、朝からの曇り空は吹雪となった。十四時四十分、予想どおりB29が来襲したが、雪のため各隊は邀撃に上がれず、電測による高射砲の射撃しかできなかった。

この爆撃は、ルメイが行なった市街地への大規模焼夷弾攻撃のテストケースだった。二二九機が出撃、うち一七二機が四一五トンの焼夷弾と四〇トンの通常爆弾を雲上から投下した。東京では、都内全戸数の一割以上にあたる一九万戸が焼失した。

この好結果から、ルメイは日本軍には低高度用の火器が少なく、夜間戦闘機はレーダーを装備せず、機数も少ないという情報から、これまでとは全く反対の東京空襲を行うことを決意した。すなわち、日本軍機の反撃が少なく、偏西風の影響を受けず二倍以上の爆弾を搭載でき（高々度飛行は燃料消費量が大きく、そのため爆弾を積む量が制限された）、火災による広範な延焼を期待できる、夜間低高度からの無差別焼夷弾攻撃であった。

三月九日現地時間五時三十五分、グアム北飛行場から一番機が発進、以後サイパン、テニアンから計三二五機が二時間四十五分にわたって離陸を続け、東京へ向かった。

三月十日

九日夜の東京は晴れてはいたが、風速二〇〜三〇メートルの北風が吹き、電波警戒機のアンテナが揺れて、ほとんど用をなさなかった。

二十二時頃、勝浦南方に少数の不明機が現れ、二十二時三十分に警戒警報発令、五三戦隊が出動したが、そのうちに不明機は去った。

日付が十日に移る頃、房総半島南端に近い洲崎監視哨から、Ｂ29らしい爆音を聞いたという報告がもたらされた。そしてその直後の零時八分、東京の東部方面が突然焼夷弾攻撃を受けた。空襲警報の発令は零時十五分、一〇飛行師団は夜間戦力の全機発進を命じた。

五三戦隊では一三〜一四機が出動した。それまでB29は高々度で来襲していたし、防空戦隊への命令も「高々度」であったため、各機は八〇〇〇メートルまで上昇、索敵していたが、敵が見当たらない。その時近村伍長が雲の切れ間から下を見ると、すべての照空灯が低高度の目標をとらえていることがわかった。そこで「カモノハシゴ知ラセ（敵機の高度を知らせよ）」と無線で確認したところ、「ハシゴ一〇、二〇」との返事で、一〇〇〇から二〇〇〇メートルの高度であることがわかった。それで驚いて降下を開始した。

低高度に降りた頃には、すでに焼夷弾による火災が発生しており、本所、深川方面はものすごい煙に包まれ、飛行の障害にもなるほどであった。またその炎が敵機を明々と照らしだしたため、照空灯の助けを借りなくても、防空戦隊は戦果を上げることができた。みな何度か基地に戻り、燃料と弾薬を補給して防戦にあたった。

五三戦隊の根岸軍曹は敵の下に潜り込み、上向き砲で二機を撃墜した。七〇戦隊の小川誠准尉は、二式戦の夜間専用機で出撃、前方から急角度で下へ潜り込んで急上昇、五〇メートルの至近距離でホ三〇一*噴進弾を撃ち込むというベテランならではの攻撃で数機を撃破した（小川准尉は、この後最終的にB29七、P51二機という戦隊最高の撃墜戦果を上げることとなる）。

この日の空襲は、敵の飛行高度が低く、数機ずつ侵入したため、戦闘機も高射砲も有利に戦闘を続けたが、やがて煙のために攻撃が困難となった。

高射砲も含め、この日の戦果は撃墜一五、撃破五〇機とされた（米側の発表によると損失一四、被弾四二）。しかし東京の下町は一六六五トンの焼夷弾により死傷者九万六七一九名、そして折からの強風にあおられて、東京全体の二〇パーセントにあたる二七万六七九一戸が焼失した。

四月七日

本土爆撃のもう一つの大きな転換点は、三月十七日の硫黄島*の玉砕である。

二月十九日、硫黄島へ上陸を開始した米軍は、ただちに飛行場の建設に着手した。そしてまだ戦闘が続いていた三月六日から硫黄島に到着しはじめた第七航空群第七戦闘兵団のP51ムスタングは、この後着々と集結が進み、四月七日、始めてB29の護衛として、日本本土への出撃を開始したのである。

この日松戸基地では、まつうら隊が警急配備についており、夜が明けようとしていた。五時頃、「父島上空敵編隊北上中」の情報が入り、七時十五分、警戒警報が発令された。

八時三十分「飛行第五三戦隊全力出動」が下令され、各隊は一斉に離陸、京浜上空で待機した。

青木を隊長とし、体当たりした山田伍長の代わりに青山俊明伍長（少飛一三）を加えた第五次震天隊四機は、京浜上空八〇〇〇メートルでB29の編隊を発見、攻撃開始の合図とともに突進した。

ところが、突然上方から現れた小型機の不意打ちを受け、特攻隊は四散した。青山伍長は数十発の弾丸を受け右腕に負傷、そのまま片腕で機を操って基地に帰ったが、油圧系統をやられて脚が出ない。そのまま胴体着陸を行い、風防の開かなくなった機の中から救出された。

後に帰投した青木機は、燃料タンクにも被弾していた。使い切った空のタンクだったので発火しなかったのだ。また他の二機も多くの弾痕を残していた。

この日サイパンを発したB29は一〇七機。それに硫黄島からP51一〇八機が加わり、東京を目指した。これまでの高々度爆撃とは異なり、高度が四、五〇〇メートルと低かったため、各戦隊は張り切ったが、この護衛のために、思わぬ苦戦に陥った。

こうした中で体当たりを行なったのは、一八戦隊（柏）の第六震天隊隊長小宅光男中尉（少飛一一・生還）、同隊の小島秀夫少尉（特操一）、第一練習飛行隊の山本敏彰中尉（航士五六）、三宅敏男軍曹（少飛一三）、二四四戦隊の河野敬一少尉（特操一）の五名であった。しかし米側によると、この日のB29の損失はこの五機のみであり、さらにP51はわずか一機であった。

四月十二日

〈写真84、85〉

十一時頃、川崎上空を北進する大編隊を発見した青木は、ただちに攻撃開始の合図を送り、四機は至近距離まで接近した。その時、上空を掩護しているP51二機が攻撃しようとしているのが見えた。青木は態勢の不利を悟り、急反転して離脱した。

続く飯岡重雄軍曹（操下士九三）はP51の猛射を受け被弾したが、最後の力を振り絞って機を立て直し、眼下の埼玉県朝霞町（現朝霞市）の陸軍予科士官学校の校庭振武台に不時着した。学校の救援隊が駆けつけてみると、飯岡軍曹はバンドを締め、操縦桿を握ったまま、頭部から膝に達する貫通銃創を受けて、絶命していた。

そして田上久伍長（少飛一三）は、衝撃戦法が成功しなかったうえP51に追撃され、格闘戦となったが、武装のない機ではいかんともするなく、滝野川区滝之川町（現北区滝野川）に墜落した。

青木が戻って報告に行く。戦隊長が「青木、まだ貴様は生きていたのか」。何とも言えない。戦死した部下に対する慙愧の念に堪えなかった。

〈写真86〉

〈写真87、88、89、90〉

〈写真91、92、93、89、94、95〉

震天隊解散

〈写真96、97〉

〈写真98〉この日の丸は、二月十七日の空戦で落下傘降下した横須賀海軍航空隊の搭乗員が、誤認のため民間人に殺されたことから、二月下旬から三月にかけて陸海軍全部隊に使用が義務づけられたものである。

その後、青木は戦隊長に、「敵の高度が低い場合にはＰ51の護衛がついてくる。戦闘にならない。それでなおかつ弾を持たないで接敵するというのはまったく殺人行為だ。体当たりする前に墜とされるのは当然である。それでなくなったから補充、補充というのでは、まったく無意味である。現在の状態ではとても戦闘にならない」と上申した。それが通ったのかどうかはわからないが、師団の方でも「こんな無駄なことをしちゃいかん」ということがわかったのであろう、まもなく震天隊は解散となり、青木、青山とも一般編成に戻った。

〈写真99、100、101〉
〈写真102〉
〈写真103、104、105、106、107、108、109、110、111、112〉

その後、青木はさらに「このままでは戦友や部下に申し訳ないから、沖縄特攻に出して欲しい」と申告した。しかし戦隊長は、「絶対にいかん。東京防空戦隊はそんな安物ではない。だがいよいよ最後の時は、戦隊長以下全機で米艦に突入するから、それまで待て」と言った。

それでも青木は、何とか特攻隊として出撃する命令を出して欲しいと、再三申し入れた。そうすると戦隊長も、ちょっとは考えるようになったようだった。
〈写真113、114、115、116、117、118、119、120、121、122〉
〈写真123、124、125、126、127、128、129〉

五月十日、水戸から松戸に一一機の屠龍が飛来した。陸軍の対艦船特攻「振武隊」である。彼らは数日後、鹿児島の知覧に向けて飛び立った。

アルバムのメモ（二冊目44頁）。

当日*第四十五振武隊隊長藤井中尉以下八名、松戸飛行場ヨリ一路沖縄ニ向フ。定刻卄《ひこうじょう》ヲ埋メル観衆数千、ソノ行ヲ壮ス。

彼らは松戸出発後約二週間後、沖縄の敵艦船に突入体当たりした。

この直後、東京は二度目の大空襲を受けた。五月二十三日夕刻、マリアナ基地から五五八機のＢ29が発進した。三月十日の一・七倍、Ｂ29の全作戦中最大の出撃数であった。そして二十四日、午前一時四十分に帝都上空に侵入した五二〇機から、三六四六トンの焼夷弾、爆弾が投下された。続く二十五日から二十六日にかけては四六四機が来襲、帝都は皇居をはじめすべてが燃え尽き、米軍の爆撃リストから外されてしまった。

この時、第一〇飛行師団は全力をあげて、一四〇機で邀撃、五三戦隊では撃墜八、撃破一六の戦果を上げた（師団全体では撃墜二十機以上）。また二十五日には、十一月二十四日以来五機のB29を撃墜し、学鷲（学生出身のパイロット）最高の記録を持っていた増田少尉が、同乗者塩田少尉と共に体当たりで戦死したが、一二機を撃墜（全体では二五機）した。

〈写真130、131、132〉

この日の戦果発表は決して誇大ではなく、米第二一爆撃兵団では二十四日二七機、二十五から二十六日にかけては二六機を損失している。そしてこれはB29の全作戦中、最大とそれに次ぐ被害であった。

〈写真133〉

〈写真134、135、136〉六月半ば以降、米軍は目標を地方都市へ移した。そのため五三戦隊では富山へ派遣隊を出すことになり、七月上旬、桜井繁少尉・宮下槌太郎少尉・荒俊男少尉・大神祐彦少尉・中清太少尉・藤園澄耳少尉（いずれも特操一）と藤井軍曹の操縦する七機が、同乗者と機付き兵を乗せて富山飛行場に進出した。なお荒少尉戦死後、今井潤一少尉（特操一）が補充として派遣された。

ところで、この派遣隊の面々は、「近くに青木の実家がある」ということで、休日ごとに遊びにやってきた。実家では、家族をあげて歓待したのだが、食べさせるものがない。そこで、庭園の大池（写真139、142の背景に写っている）の鯉を、そのたびごとに捕まえて、食卓に上せていた。そのため、終戦頃には、数十匹いた鯉が、二、三匹にまでなっていた。

新義州

〈写真137〉

〈写真138、139、140、141、142、143、144〉

青木が「どこかへ」転属になったと知った時、戦隊の多くのものは、「これは死に行かされたのだ」と思った。青木自身もそのつもりだった。だからこのアルバムや日記はすべて二塚の家に置いて行った。

ところが実際新義州へ行ってみると、実戦を経験したものが、青木以外にいない。そしてもっぱら教官として、初心者に操縦訓練を施すことになった。

実はこの頃になると、青木のような熟練搭乗員、それも実戦を経験して「生き残った」ものは貴重だったのだ。

大本営は沖縄戦の重大化に伴い、敵が九州進攻に先立って済州島を攻略するか、本土と大陸を分断するため南鮮、特に群山方面に上陸を企図する公算が大になったと考えていた。そのため、決七号*正面とされる朝鮮方面の戦備強化が急務となった。しかし当時、同方面の航空戦備は薄弱で、朝鮮海峡の海上交通保護に当たっている第二〇六独立飛行大隊が海雲臺に、教育部隊である第五三航空師団が京城にあるにすぎなかった。

一方中国大陸では、敵が南東部沿岸に来攻する場合に備えて天三号作戦を準備していたが、天一号作戦の発動により解消された。そこで大本営は、五月八日、中国にあった第五航空軍（司令・下山琢磨中将）を支那派遣軍の戦闘序列から除き、主力を朝鮮方面に移動させるとともに、五三航空師団をその下に置き、決号作戦を担当させることとした。

青木が朝鮮半島、それも第五三航空師団に転属になり、特攻隊員の養成に携わることになったのも、このためだったのである。

〈写真145〉

八月十五日

八月、訓練で飛行機が次々と壊れ、不足したので、青木は飛行機受領の命令を受け、大邱へ向かい、連絡機が来るのを待っていた。

九日、暑い朝であった。飛行場へ行くと、飛行場大隊長*がやって来て、「ソ連が参戦した。爆撃がいつあるかわからない。パイロットはどの飛行機でもいいから、早く飛び立って欲しい」と言われた。飛行場を見ると、九九高練がある。整備やエンジンの調子も十分ではなかったが、それに乗って大邱を飛び立った。

ところが急いで出たものだから、航法も何もない。とにかく大山を目標にしようということで、羅針儀を目当てに飛んでいたが、そのうち気流に流されて、どこにいるのだかわからなくなってしまった。しかたがないからとにかく南へ飛んで行ったら、陸地が見えてきた。ところがこの機は脚が遅い。それで今度は「いつ何時米軍機に見つかるかもしれない」と思って高度を下げ超低空で飛行し、海岸近くにあった飛行場に滑り込むように着陸した。浜田飛行場だった。

着陸すると、整備兵が駆け寄って来た。「いい時に来られました。ここのところグラマンの空襲が多くて、五分前に引き揚げていったところです」と言われた。その晩は市内に宿泊した。広島が新型爆弾にやられたという話を、避難してきた人たちがしていた。

翌日福井の三国飛行場に向かい、屠龍を受領した。十四日の午後に整備を完了し、試験飛行をしてみると、申し分ない。翌朝四時半、新義州に向けて出発する航法を作成し、準備を整えた。

翌朝、いよいよ出発しようとしてエンジンをかけると、あれほど快調であったエンジンから潤滑油が漏れ、機首が真っ黒になる。これでは飛行できない。そこで整備兵とともに岐阜の各務ヶ原にある航空廠へ、部品をもらいに行くことになった。汽車が福井駅を出たのが十二時。

夕方の五時頃、各務ヶ原に着いた。ところが誰もいない。向こうから将校が歩いてきたので、「こういうことで部品をもらいに来た」と言うと、「貴様知らんのか。戦争は終わったんだぞ」と言われた。

青木はそのまま新義州には帰れなくなってしまった。そこで、しかたがないので、松戸に向かったが、五三戦隊は六月に新しくできた藤ヶ谷飛行場に移動していた。*そこでさらに藤ヶ谷に行き、そこから復員した。

五三戦隊の震天制空隊は一一名中八名が戦死した。うち体当たりしたのは三名である。そして戦後の発表によると、マリアナ諸島から本土爆撃に出撃したB29はのべ二万三八五六機。撃墜されたものは一三四機。そのうち体当たりによるとされているものは、六二機である（なおこの他に外地などでB17、24、25、29に対するものが一四例ある）。

八月十八日・高岡

午後のことである。二塚の青木家に、突然陸軍飛行隊から、「八月二十日から飛行禁止令が出されたから、今夕までに、四名来隊されたし」という連絡が入った。

そこで、ちょうど在宅していた父の孝恒、高岡中学一年だった弟の満、同級生の川村の三人が軍需関係の車に乗り、小学校で先生をしていた妹の美智子を途中で拾って、富山市の四方にあった飛行場に向かった。

飛行場に着いたのは六時近かった。そこには見慣れた迷彩色の「屠龍」が二機、整備を終えて到着を待っていた。

大神少尉の一番機の後席に孝恒と美智子、今井少尉の二番機に満と川村が、詰め込まれるようにして乗り込み、轟音の中離陸。薄暮の富山平野の、モザイク画のような田んぼや道路、家などを初めて上空から見る。伝声管を通じて「もうすぐ二塚上空」の声。しかし、よくわからない。庄川から推測するしかなかった。

次第に暗くなってきて、高岡、伏木、新湊あたりには、ぽつぽつと工場や民家の灯りも見られた。それに対して、大空襲後の富山市は真っ暗。悲惨な目にあった人々を上空から物珍しげに見る自責の念にかられ、そちらにはあまり目を向けなかった。

「米機飛来中」の無線で、予定より早く戻った。後席から出た美智子は、主翼の上に出たが、高い。隊員が手を差しだしてくれたが、うら若い乙女が男の手を握るなんて、思いもよらない。そこで、ひらりと飛び降りた。見ていた隊員の間から「おおーっ」というどよめきが上がった。

飛行場の一角では、機密書類を焼く巨大な炎が、周りを明々と照らし出していた。

集まってきた顔見知りの隊員たちが言った。

二十日からの日本機の飛行禁止が命じられた。今後二、三〇年は、日本人は飛行機には乗れないだろう。もちろん戦闘機はだめだ。それが、今日、実用戦闘機に、下駄履きでもんぺ姿の女性や、少年飛行兵より年下の中学生が搭乗したというのは、帝国陸軍航空隊開闢以来の椿事だ。だが、このことは、終戦直後のどさくさの中でも、秘中の秘だ。我々は、明日十九日には富山を出発し、四機で松戸の本隊へ帰隊し、復員する。富山派遣中は、同期の青木特攻隊長の実家へ、時間の許す限り訪問し、各自の生家のように寛ぎ、歓迎され、英気を養った。感謝する。などなど、別離の話は尽きなかった。

今日の松戸飛行場

戦後松戸飛行場は米軍に接収されたが、翌年に返還され、二十七年から一部が陸上自衛隊松戸駐屯地となった。現在ここには陸上自衛隊需品学校、関東補給処松戸支処、第2高射特科群をはじめ七個部隊八〇〇名が所在している。

このうち第2高射特科群は、03式中距離地対空誘導弾（中SAM）を装備して侵攻する敵航空機を撃墜する、対空戦の骨幹部隊である。飛行機こそないものの、かつての制空部隊の流れを引き継いでいるものということができよう。

基地の西側の飛行場であったところは、東半分（鎌ケ谷市側）は住宅地、西半分（松戸市側）は工業団地になっている。そしてここの住所「松飛台」は「松戸飛行場」に

❶

❷

現在の松戸駐屯地。①正門②養成所の格納庫③兵舎
④北総鉄道「松飛台」駅（2014年2月撮影）

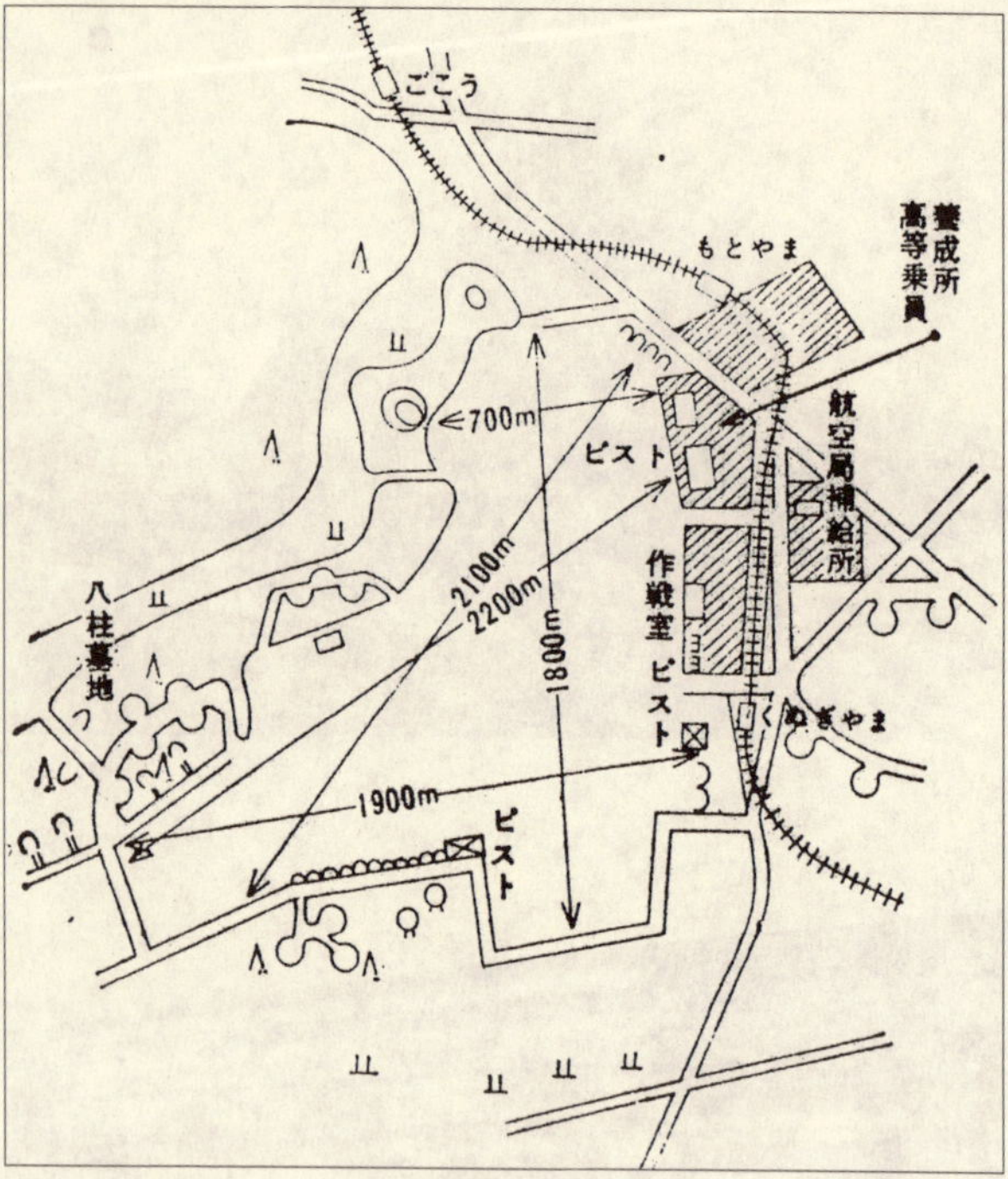
ごこう
もとやま
高等乗員
養成所
700m
ピスト
航空局補給所
2100m
2200m
1800m
作戦室
ピスト
くぬぎやま
八柱墓地
1900m
ピスト

因むものである。

基地内に当時のもので現存しているのは、養成所の巨大な格納庫とその裏にある木造の兵舎二棟である。いずれも倉庫として用いられているが、格納庫の方も耐震強度がどれだけあるのかわからないので、近いうちに取り壊す予定だそうである。

第三部——資料編

青木家　あおきけ

孝恒
明治二十年一月四日生
昭和三十八年二月十七日没（七十六歳）
＝松枝（旧姓長坂）
明治二十九年十月十八日生
昭和四十七年五月二十二日没（七十五歳）

- 大作
  大正六年四月二十七日生
  平成二十五年三月二十八日没（九十五歳）
  ＝帝子《きみこ》（旧姓倍賞）
  大正十年十二月十三日生
  平成二十四年十一月十九日没（九十歳）
  - 貴美子＝増山敏之
  - 美治代＝辻野正明
- 利恒
  大正七年十一月二十三日生
  昭和十六年十二月十三日没（二十三歳）
- 哲郎
  大正十二年三月六日生
  平成二十三年十二月二十三日没（八十八歳）
  ＝恭子《けいこ》（旧姓青木）
  昭和七年三月一日生
  - 恒之＝至子《ゆくこ》
  - 義昌＝俊子
  - 祐子＝松浦俊昭
- 美智子
  大正十五年十月八日生
  ＝般若清助
  大正十三年四月二十四日生
  平成九年十二月三十一日没（七十三歳）
- 満
  昭和七年八月二日生
  ＝玲夸《れいこ》
  昭和十三年二月二十二日生
  - 信代＝犬井健人
  - 清美＝加藤正俊

青木大作　あおきだいさく

昭和十五年応召。アルバムのメモにあるように、この当時は満洲・四平街の陸軍戦車学校で教官を務めていた。

そのまま終戦を迎え、一ヵ月ほど経ってからソ連軍に連行、最初はハバロフスクの収容所に入れられたが、後にモスクワ近郊のマルシャンスクに移された。ただ、寒いとはいえシベリアのような極寒ではなかったことと、将校待遇を受けられたことで、大きな病気をすることもなく、二十三年に帰国することができた。

なお十八年一月に結婚した（この話は日記に出てくる）妻の帝子は、連行直前に生まれた長女と共に、混乱の中、苦労しながら大陸を脱出、二十一年に佐世保に着いた。その時打った電報、「母・娘共に元気に帰国した云々」によって、孝恒はじめ親族は帝子の無事と娘の誕生を知ることになった。

青木利恒　あおきとしつね

高岡中学卒、陸軍士官学校第五三期。その後航空士官学校へ進む。兵科は軽爆。満洲・延吉の第二七戦隊に赴任。戦隊はのち広東に移駐、第三飛行集団（集団長・

菅原道大中将）に所属することになる。この飛行集団は日華事変中中国で編成されたものであるが、大東亜戦争緒戦であるマレー攻略戦に投入されることになった。いわばエリート集団であり、飛行機は約四五〇機、新鋭のものばかりが集められていた。同飛行集団は開戦早々の十二月十一日から、マレー半島西側のペナン島及びジョージタウン集積地を攻撃した。その三日目の十三日は第三飛行団から五九戦隊の一式戦闘機「隼」五、二七戦隊の九九式襲撃機四、七五戦隊の九九式双発軽爆撃機二六に第七飛行団の九七式重爆二六機が加わって攻撃を行なった。ところがそれまで姿を見せなかった英戦闘機バッファローが、邀撃に出てきたのである。

戦隊長名の戦死状況概要

七　戦死時ノ状況

昭和十六年十二月十三日、ペナン島附近敵艦船ヲ索《もと》メテ攻撃スベキ命令ヲ受クルヤ池野中尉指揮スル編隊ニ番機ノ操縦者トシテ勇躍基地ヲ離陸、山脈付近ノ困難ナル気象状況ヲ衝イテ十時三十分ペナン島北方八粁ニ達ス。同時ペナン港ニ敵ガ退却或ハ軍需輸送等ニ使用中ノ敵艦船数隻ヲ発見、池野機ニ続キ其熾烈ナル対空砲火ヲ冒シテ急降下爆撃ヲ敢行中、敵戦闘機数機現出我ヲ攻撃シ来ルヲ、同乗者樋口曹長ト共ニ旋回銃撃ヲ併用シテ巧ニ撃退排除シツ、、一万噸級仮装巡洋艦及三千噸級水上機母艦ニ三次ニ亘ル爆撃ヲ反復、遂ニ仮装巡洋艦ニ火災ヲ生ゼシメ、且水上機母艦ニ直撃弾ヲ与ヘテ航行不能ニ陥ラシメ、以テ其交通ヲ阻止シテ「ペナン」島降伏ノ端緒ヲ作ラル。

然レドモ爆撃後敵機ハ尚執拗ニ追尾シ来リ、之ト交戦中無念敵弾ハ愛機ノ油タンクニ命中火災ヲ起シ、「タンジヨントツマン」岬東北約八百米海上ニ敵船目掛ケテ壮烈鬼神モ哭ク自爆戦死ヲ遂ゲラル。時ニ午前十時四十分ナリ。

同僚の大坂中尉が遺族に送った戦死状況を報告する手紙

拝啓　謹んで青木君のご冥福を祈上げますと共に、護国の神を捧げられました御一統様の御胸中遥かに拝察致します。青木君とは航士以来机を並べ翼を連ねて参りました大坂利夫であります。

ペナン島艦船攻撃にも行を共にし、不覚にも青木君独りを喪つてしまゐました。其活躍状況及び壮烈な最期を目撃しました同期生として、御両親様始め皆様の御懸念を虞《おそ》れ、茲《ここ》にご報告申上ぐべく筆を取りました。当時中隊長殿には戦傷入院中、又中隊長代理寺沢中尉殿は其後間もなく戦死せられたからであります。種々の事情に依て今日迄延引を続けました事を御詫び申し上げます。

昭和十六年十二月十三日、私達は前日午前午後二回に亘る攻撃に引続き「ペナン島附近に敵艦船を索めて爆撃せよ」の命を受け、〇時〇分勇躍基地を出発しました。当日天気好晴、脊梁山脈に立ち初めた積乱雲を越えれば早くも水平線に近くペナン島の淡黒い影を望見する事が出来ました。躍る胸を押へて快翔を続けました。青木機（同乗者樋口公信軍曹）は私のすぐ前に頼母しくもしつかりと編隊を組んでゐました。

十時三十分目標上空に進入、見下せば敵退去部隊を満載の艦船数隻、黒煙を吐きスクリユー全速で白波を蹴立てつゝ港外に逃れんと足掻いて居りました。編隊長の翼二振り三振り、忽ち攻撃隊形に移りました。編隊長機に続く青木機、其後に大坂機、更に他の僚機と獲物を凝視しつゝ、数分、編隊長先ず一万噸級仮装巡洋艦にさつと突込み見事一発命中弾を浴びせましたが、続いて急降下して行た青木機が投下と同時に身を翻した後の彼の船に紅蓮の大火焰が立昇りました。「見事！」思はず感歎の声を放ちながら、長機以下私等は再び上昇して居りました。此時、昨日迄は姿を見せなかつた敵戦闘機がペナン島上空に浮ぶ白雲の上にかくれて居つたのです。長機に続いて急降下して行た青木機が水上母艦と覚《おぼ》しき三千噸級の甲板に見事に直撃弾を叩きつけた其後には、早くも何処からともなく現れた敵戦闘機数機が喰付て居たのでありますが、続いて突込んでゐる私の眼には入らず、投下後更に残る最後の一弾を投ぜんと直ちに反転した時、チラッと眼に入つた光景、思はず同乗者と共に「あつ、いけない！」と叫びました。編隊を組んで空中戦闘中の青木機が翼から瞬間的に火を噴いたのです。とすぐ其が消えるのを見つゝ、私は真逆まに急降下して居りました。然し其時既に人機共に敵弾を亨《う》けて居つたのでせう、「今は是迄」と脚下の敵船めがけて真逆まにペナン港外上空に鉄火の肉弾となつて自爆し果てられたのであります。鬼神も哭かん壮烈な荒鷲青木機の最後でありました。

編隊の赫々たる戦果は飛行○長より賞詞授与の栄に輝きました。貴い肉弾を以て捷《か》ち得られたものであります。

私達は鬱勃たる復仇心に燃え駆られ、爾来勇気百倍□力一心、任務遂行に邁進して居ります。連翼堂々馬来《マレー》の空を駆ける時、私達は青木中尉、樋口軍曹の英魂永久に戦場に留つて、天翔てゐるのを感じて居ります。

其後破竹の進撃を続けて居た皇軍の精鋭に依つて敵の○○飛行場は我有に帰し、

私達は此処に前進、漸々ペナン島に青木機捜索に出る運びとなりました。十二月廿九日、同期生石井中尉が地上からペナン島に渡り、ジョージタウン市の在留邦人及土民に就て当時の状況を聴取し、潮流を調べ海岸を踏査し、遺形の一つでもと探しましたが、一片の漂流物も見当りませんでした。そして目撃者である土民の船に自爆現場を訪ね、香を捧げ花を投じて敬意を表し、冥福を祈つて参りました。

先日、不肖命を受けて青木君の遺留品を整理しました。近日中に発送せらるる事と存じます。故人が身につけて愛用して居られましたもの、総て、其儘梱包致しました。

遺留品整理に方《あた》り、行李の底に同封の遺書を見出し閲読しました。昭和十五年十月、満洲の任地に赴かんとして御両親様に決意を述べられ、御弟妹を激励せられたもので、殉忠愛国の至情に燃え孝悌の至情に溢れて、躍るが如き例の勇渾秀麗な文字でありました。

実に地上に一片の骨も残さず、荒鷲らしく散華を遂げられた青木君が此の遺書こそ、御一統様に又私達に残された最も貴い且喜ばしいものと存じます。

紀元の佳き日、今日シンガポール最後の日を迎へ、在天の英魂も感を深くして居る事でせう。皇国悠久の生命に青木君は永久に生きて居られたのだと信じ、皆々様と共に其冥福を祈り、遺志を継ぎ果さん事を一同心に期して居ます。皆々様と在りし日の思出など語り合ふ事もし叶はゞ最も望ましい事だと存じますが、もとより万死に一生を期しません。尚、当時報道班のものに少し洩しました言葉により某新聞に聊《いささ》か状況の詳細を発表されましたとか、此の手紙に先立ち皆様の御懸念を御払ひ申上げ得た事と信じ安堵致して居ります。北陸の如月は寒気も一入かと存じます。時節益々多端の秋《とき》、御一統様の御自愛御健闘を祈り上げます。取敢ず右御報告申上げます。

敬具

昭和十七年二月十一日

大坂利雄

青木孝恒様侍史

追伸　中隊長殿便り申上げる所でありますが、作戦の為東奔西走寧日無い状況で、遺骨が無言の凱旋の途につく今日も某飛行場に出張されて留守でありますので、命により書きました。小官の手紙を取敢ず先に御送り致します。遺書を共に同封致します。戦陣倥偬《こうそう》の間、筆墨の用意も不如意、失礼致します。尚十二月八日付御芳書青木君に代つて中隊長代理以下にて開封拝読、青木君の英霊に告げました。之を□読して御尊父様の御激励の御言葉を胸に抱き、且は御一統様の御近影を胸に秘めて出動せられたらんには更に尚一層欣然と死地に投ぜられた事だろうと一同残念に思つた事であります。然し御言葉の通り、御期待に背かず、殉忠任を完うされました。以て一同聊か心を慰めて居る次第であります。遺骨の代りとして、内地で撮つた少尉時代の写真一葉を納めました。同じ写真が遺留品中に三葉程ありましたから、他に広東残置の行李一個、後日追送される事と思ひます。尚相携て内地を後に赴任した五名中、坂内と大坂と二人残るのみとなりました。廣沢が中支揚子江の畔に、西野は陥落迫るシンガポール島に、夫々大空の花と散りました。責任愈々重きに奮起して居ります。二月十七日正午　大坂中尉

遺書

聖戦将に四歳、時局益々多端の折から勇躍第一線勤務につくは、男子の本懐之に過るもの御座なく候。志士は死こそ最も尊きものにて候。日本人、特に軍人の教育は唯々此の一事のみの為に存するものにて候。航空の特性上、平戦両時の別なく万一あるは兼て覚悟の処、皇国の礎石として散華するこそ嬉しく、平素の御訓《おしえ》に従ひ決して見苦しき振舞いなく、莞爾として自決仕り候間、御安心下され度候。此処に生を享けて二十有余年今まで哺《はぐく》み育て給ひし海山の恩如何ばかり、何等孝養の一つ

も為す事なく先立つは残念の極みに候へ共、何卒御容赦下され度候。身戦場の露と消へ候ても、魂永久に留りて御国を護り家を守り、死して孝養を尽し申し候。

時節柄益々御体御注意遊ばされ、よき老後を御送り下さる様祈上げ候。敬具

昭和十五年十月三十日

父上様　母上様

利恒

僕は愈々第一線に出発致します。もとより生還を期し得ません。此処に一筆御別れの言葉を申します。

三人共勉学時代、一人前として立つのは之からです。今はしつかり勉強が肝要です。時局は益々多事多端、新体制として新日本の誕生です。今迄の国民の覚悟では日本は亡びます。男は男、女は女、子供は子供、各々其人に応じやるべき事が山積して居ります。日本に生れた我々です。日本人です。万邦無比の此の尊き国体を知り、皇室の御恩を考へ、君国の為大に働いて下さい。そして新日本を建設し、僕の分迄御両親に孝養を御尽し下さい。では皆御元気で。僕は天から皆を御守りして居ります。

哲郎

美智子　殿

満

なおこの戦闘では、五九戦隊長谷村禮之助少佐など、青木機を含めて四機の損害が出ている。

青木機が本当に敵艦に体当たりしたのかどうか、実は誰も確認していない。陸軍機で最初に敵艦に体当たりしたと公式に認められているのは、十九年五月二十七日、ニューギニア西郊・ソロンにあった第五戦隊の屠龍が、ビアク島沖の敵船団を攻撃した際に、駆潜艇ＳＣ６９９に体当たりし、同艇を炎上させたものである。なおこの時の戦隊長が、昭和十九年十一月二十六日付朝日新聞（114頁参照）に出てくる高田勝重少佐である。同少佐もこの戦闘中に被弾したため敵艦に体当たりしようとしたが、直前でリパブリックＰ47サンダーボルトに撃墜された。また初めから意図して体当たりしたのは、十九年十月十九日、英機動部隊がアンダマン・ニコバル諸島に来攻した際、敵空母に突入して撃沈した野戦補充飛行隊戦闘隊教官阿部信弘中尉が最初である。

〈写真147〉開戦直後の十二月、高岡で父の孝恒と弟の満が、たまたま入ったニュース専門映画館で上映されていた「敵地爆撃に出動する我が荒鷲戦隊」の映像。館の社長が孝恒の友人だったため、事情を説明してその部分のフィルムを分けてもらったもの。

この後一家で写真館で写真を撮り、正月までに届くようにと送ったが、本人が見ることはなく、遺品と共に未開封のまま返ってきた。

なおこの写真のコメントには「日本ニュース」とあり、次の〈148〉では「同盟ニュース」と食い違いがあるが、どちらが正しいのかは不明である。

〈写真148、149、150、151〉

ところで、二塚の家には、孝恒の後、ずっと長男の大作が住んでいた、平成二十五年、大作が亡くなると、家は継ぐ人がいなくなり、とうとう取り壊すことになった。

それに先だって、家の中を整理していたところ、蔵の中から「空の至宝 故青木利恒大尉」と書かれた一六ミリフィルムが発見された。

どうも、戦時下の映像ニュース用として十七年の夏頃に撮影されたもののようで、当時の二塚付近の様子や、家族の姿（その中には高等学校在学中の哲郎もいる）、利恒の遺書などが紹介されている。この映画はその後、母校である二塚尋常小学校では、生徒たちがシーンを覚えてしまうほど何度も上映された。また地元高岡はじめ富山でも上映会が開かれていたようである。

当時、一般の家庭の様子を動画でとらえることなどは、かなり珍しかったと思われる（小学校での体操風景の撮影の際は、わずか数秒のカットを取るために、先生はじめ在校生が非常に緊張していたということを、弟の満は今でもよく覚えている）。十分ほどの短い無声映像ではあるものの、意義深いものである。

水上房子　みずかみふさこ
松枝の兄の子。哲郎からいうと母方の従姉に当たる。本文中にあるように東京都板橋区の成増に住んでおり、しばしば哲郎のところを訪ねていた。桶川時代の十九年三月八日の日記には、「母が房子ちゃんを連れて面会に来らる。女の人は色んな事を聞きたがる。細かい点迄種々聞かれ、返事が面倒な位である」とある。戦後武蔵野音大声楽科を卒業し、日本放送協会（ラジオ）の少年少女合唱団の先生や、初代の「歌のおばさん」をつとめる。第一回「日本レコード大賞」童謡部門で受賞。

硫黄島　いおうとう
米軍にとってこの島を占領した価値は、Ｐ51の基地としてのものだけにとどまらなかった。B29の不時着地としてのそれである。まだ戦闘が続いていた三月四日、早くも被弾故障したB29一機が不時着した。以後終戦までに二二五一機、二万五〇〇〇名もの搭乗員がこの島に下り立つことになるのである。

MC　えむしー

MC20。百式輸送機のこと。九七式重爆撃機を四年後に旅客機に改造したもの。ポピュラーな、国民に愛された機だった。

過給器　かきゅうき

スーパーチャージャーとも。航空機が発達すると飛行高度が徐々に高くなったが、高空では空気が薄くなり、燃料を燃やすために必要な酸素量も減るため、エンジンは本来の馬力を発揮できない。そのため、吸入した空気を圧縮して気化器に送り、機関の出力を高めることが必要になる。そのための補助装置の総称。第二次世界大戦中の軍用機では必須の装置となった。主機であるエンジンの回転や電動機によって駆動する機械式、排気の流れを受けるタービンでコンプレッサを駆動する排気タービン式、過給圧を排気の圧力から直接得るプレッシャーウェーブスーパーチャージャーの三種類があるが、スーパーチャージャーを機械式のみを指すものとし、排気タービンを駆動源とするターボチャージャーとは別に扱う場合が多い。

カポック

カポックとも。救命胴衣のこと。

キ45改　きよんごかい

この「キ○○」等というのは、陸軍がメーカーに設計・試作を指示するに当たり与えられた名称である。年式の他にこの番号を付して呼ぶことが多かった。この名称は昭和七年から用いられたようであり、試作を指示する毎に順次番号が与えられた。昭和八年制式に決定された九三式重爆撃機は、前年の三月三菱に試作指示が出されたものであるが、これがキ1である。なお「キ」は「機体」の意。他に本文中に出てくるものとして「ハ」＝発動機、「ホ」＝砲がある。

決七号　けつななごう

本土決戦である決号作戦は、敵がいずれに上陸してくるかによって、一号から七号に別れていた。

航空士官（学校）　こうくうしかん（がっこう）

飛行科の士官は歩兵、砲兵などとはカリキュラムが違うので、初めから幹部となるべきパイロットを別に養成しようとして昭和十三年に設立された学校。埼玉県入間にあった。市ヶ谷の予科士官学校を卒業してから入学する。これは飛行機がいよいよ新しい兵器として重視されてきたこと、またそれを扱うには専門的知識・技術が必要とされたことを意味する。ここの卒業生は大東亜戦争中戦隊長、中隊長などの要職に就いた。

航法　こうほう

地図上に方向、予定時刻などを書き込んだ飛行計画書。

始動車　しどうしゃ

セルモーターのついていない飛行機では、そのままではエンジンの始動ができない。そこでトラックの荷台にモーターを載せ、車体上部から突き出たバーの先にユニバーサルジョイントを付け、これをプロペラハブの先端のフックにかませてプロペラを回転させることでエンジンを始動させる車。

少年飛行兵（制度）　しょうねんひこうへい（せいど）

飛行機の操縦には敏感さと運動神経が必要である。特に戦闘機乗りはそうだ。大人になってからではこの勘はなかなか体得できない。そこで少年のうちから訓練する必要が生じる。海軍では昭和五年に横須賀市追浜に飛行予科練習生（予科練）の学校を設立した。陸軍はその四年後、昭和九年に埼玉県所沢に開設した。これが少年飛行兵である。一期生は操縦一七〇名、技術二六〇名。卒業までに二～三年かかった。そして三～五年の下士官生活を送れば、のちに航空士官学校への受験資格も与えられるようになった。学校は昭和十八年には東京、大分、滋賀県大津にも増設されたが、本文中に見られるように、少年飛行兵は陸軍航空の中心戦力となった。

速度表示　そくどひょうじ

陸軍機は基本的に地図と陸上の目標を見て飛行する地文航法を取るので、距離計や速度計の目盛はすべてキロメートル表示になっている（海軍機は浬《かいり》とノット）。そのため目標物のない洋上飛行は非常に苦手で、十八年四月、第一四飛行団の三式戦飛燕がトラックからラバウルに飛んだ際、二七機中一三機が行方不明になったり不時着するという大事故を起こしている。

第四五振武隊と藤井中尉　だいよんじゅうごしんぶたいとふじいちゅうい

陸軍の対艦船特別攻撃隊「振武隊」の中でも、この四五振武隊は有名である。その理由は、隊長の藤井一《はじめ》中尉にある。

藤井中尉は、熊谷の陸軍飛行学校で、中隊長・教官として、戦況が芳しくなくなってゆく中、特攻に行く少年兵たちに、主に戦地に行く心構えなど、精神訓育を担当していた。そして彼らを送り出す際、藤井は、「必ず中隊長も後から行くから」と励ましていた。

その約束を果たすべく、藤井は特攻志願を出していた。しかし、上層部は、藤井が教育者として優秀であったことと、中国戦線で迫撃砲の破片を右手に受け、パイロットとしての技術を得ていない者を特攻に出す意味がないことを理由に、却下し続けていた。

さらに藤井が、特攻を志願する旨を伝えると、妻は猛反対する。二人の幼い子供がいたためである。しかし、約束と家庭との間で悩み苦しむ夫を見て、昭和十九年十二月十五日、妻は子供と共に入水心中する。

この事件は、当時のマスコミによって、美談としてセンセーショナルに報じられたため、ついに上層部も認めざるを得なくなり、特例として第四五振武隊の隊長に任じられた。

同隊は、本文にあるように、戦意昂揚を図るため、各地で壮行会を行いながら九州へ向かう。そして五月二十八日、藤井は、小川彰少尉の機に通信員として搭乗、沖縄沖の敵艦船に突入した。

大本営によると、その際の戦果は、艦種不詳一を轟沈、同一撃沈、その他撃沈又は撃破一、撃破二である。

電波警戒機　でんぱけいかいき
レーダーのこと。甲と乙があった。
甲　ドップラー効果の原理を応用したもの。適宜の距離（四〇〇ワットの局同士なら三〇〇キロ、一〇ワットの局なら八〇キロ）に送受信所を置き、飛行機がそれを結ぶ線を横切るか接近した場合に発するワンワンといううなりによって飛行機を感知するもの。ワンワン方式とも呼ばれた。遠く前方において発見することができないという欠点がある。

乙　衝撃電波を利用するもの。今日のものと同じである。尖頭出力五〇キロワットで三〇〇キロ彼方の敵機を捉えることができた。要地警戒用の送受信空中線は固定式であるが、野戦用のものは回転式である。

電波標定機　でんぱひょうていき

射撃用レーダー。射撃に必要な諸元を電波によって測定する。波長を見張り用のものより短くし、到達距離は短くても射撃の正確を期す。

飛行場大隊　ひこうじょうだいたい

基地を整備したり補給を司る隊。

ピスト

搭乗員の待機所。実戦部隊のピストには防衛総司令部からの直接回線がつながっており、スピーカーを通して、「飛行〇〇戦隊の〇機、〇〇上空高々度」などという指令が伝えられるようになっていた。

藤ヶ谷飛行場　ふじがやひこうじょう

千葉県柏市藤ヶ谷にある現在の海上自衛隊下総航空基地である。

昭和十九年、帝都防空用の飛行場を急造する必要が生じたため、十五年当時会員数千五百人と国内最大の規模を誇っていた武蔵野カンツリー倶楽部藤ヶ谷ゴルフ場とその南側の農地・屋敷地（主として現鎌ヶ谷市）を強制収容して二十年六月に完成、十九日に五十三戦隊が松戸から移駐した。終戦後は米軍に接収され、シロイ・エアベースとなったが、三十四年に返還された。

現在ここには、教育航空集団司令部、下総教育航空群、第3術科学校、航空補給処下総支処、移動通信隊、下総警務分遣隊、下総情報保全隊、下総システム通信分遣隊の八個部隊が所在している。敷地の規模は当時とほとんど変わっていない。

武装司偵　ぶそうしてい

B29に対抗するため、高空性能のよい百式司令部偵察機に武装を施したもの。正式にはキ四六Ⅲ乙防空戦闘機というが、武装司偵、防戦、百改などと呼ばれた。武装は

〈上〉海上自衛隊下総航空基地正門。〈中〉基地（滑走路）北側。左のビル群はＪＲ柏駅付近。格納庫の右上の山は筑波山。〈下〉基地南側。東京スカイツリーのやや右寄りにうっすらと富士山が視認できたのだが、写真になるとわからない。Ｂ29は主としてこの方角から飛来した。（２０１７年１月撮影）

機首にホ五二〇粍機関砲二門。七五機が改造された。このホ五のかわりにホ二〇三三七粍砲一門を装備したものもあった。またこの後、前後席の間に新開発のホ二〇四三七粍砲を七〇度の角度で取り付け上向き砲としたキ四六Ⅲ乙+丙が、一五機作られている。

ホ三〇一噴進弾　ほさんれいいちふんしんだん

空対空ロケット弾。四〇ミリ。通常の機関砲とは異なり、発射装置に薬莢の排出機構などが不要なため、重量が三〇キロしかなく（ホ五は三八キロ、ホ二〇三で九〇キロ）、飛行機には搭載しやすかった。ただロケット弾のため初速が二三〇メートル／秒と遅く（ホ五は七四〇メートル／秒、ホ二〇三で四三〇メートル／秒。これは今日のロケット弾でも同じである）、もちろん誘導などできないため、いわゆる「ションベン弾」となり、よほど接近しないと命中しないのが難点だった。内地では二式戦を装備した隊へ、これを翼内装備した丙型が少数機ずつ配備されたが、小川准尉以外でこれでB29を撃墜したという例は、ほとんどない。

保養所／保健所　ほようじょ／ほけんじょ

空中勤務者のため軍が指定した旅館。ここで休息を取る。最も有名なのは、最初に指定された熱海・伊豆山の「相模屋」であるが、ここまで行くのは大変なので、後には飛行場近くの旅館や料亭を保養所に用いた。「慰安婦」がいるところではない。

年式　ねんしき

兵器の年式は、明治、大正、昭和でつけ方が異なる。明治時代は元号の数字を使用した。例えば明治三十八年制式の歩兵銃は「三八式歩兵銃」と称する。大正時代は元号に「年」を付す。大正十二年、初めて空母鳳翔への着艦に成功したのは、大正十年に採用された「十年式戦闘機」である。昭和時代は皇紀の下二桁を用いた。本書で最初に登場する「九五式複葉練習機（赤トンボ）」は皇紀二五九五年であるから昭和十年、青木の乗っていた「二式複座戦闘機」は二六〇二年で昭和十七年に兵器として採用されたものである。なお皇紀二六〇〇（昭和十五）年の場合、陸軍は百式、海軍は零式《レイ》と称した。前者にはこれも本文中に出てくる「百式司令部偵察機」、後者には有名な「零式艦上戦闘機（ゼロ戦）」などがある。

本文中に登場する陸軍の主な飛行機。上から九五式複葉練習機（赤トンボ）、九七式戦闘機、九七式重爆撃機

上から九九式襲撃機、九九式高等練習機、百式司令部偵察機

上から一式高等練習機、一式戦闘機「隼」、二式戦闘機「鍾馗」

上から三式戦闘機「飛燕」、五式戦闘機、キ一〇二乙

関係年表

年月日	帝都制空部隊関係	月日	大東亜戦争・本土爆撃関係
昭和一七年 四・一八	ドーリットル中佐率いるB25十六機、帝都を初空襲。		
昭和一九年		六・一六	B29六十二機、北九州を初爆撃。被害小。撃墜破十一。日本側の損失なし。
		一九～二〇	マリアナ沖海戦。
		七・七	サイパン玉砕。
		一八	東条内閣総辞職。
		二二	小磯国昭内閣成立。
		八・二	テニアン玉砕。
		一一	グアム玉砕。

一一・一	B29帝都上空に初侵入。
八	この頃第一〇飛行師団の各戦隊で対B29特攻隊編成される。
二四	一二〇〇〜一四〇〇、B29約七十機

一〇・一二〜一六	台湾沖航空戦。
一九	アンガウル島（パラオ）玉砕。
二三〜二六	フィリピン沖海戦。
二五	神風特別攻撃隊「敷島隊」出撃。戦果大。
一一・三	第二独立飛行隊の九七重八、海軍七〇三飛行隊の一式陸攻八、浜松—硫黄島—サイパン空爆。戦果大。未帰還四、不時着炎上一。
七	第二独飛の九七重五、百式司偵六、七〇三空の一式陸攻七、サイパン空爆。十一以上撃破、未帰還一。
二三	ペリリュー島（パラオ）玉砕。

	来襲。目標は中島武蔵。被害軽微。撃墜五、撃破九。損害七（体当たり二）。
二七	一三〇〇〜一四三〇、約四十機、雲上より都内を爆撃。
三〇	〇〇〇〇〜〇四三〇、約二十機、雲上より都内を爆撃。
一二・三	一四〇〇〜一五三〇、約七十機、中島武蔵を爆撃。被害小。撃墜二一（不確七）。損害六（澤本軍曹他体当たり四）。
五	体当たり特攻隊、「震天隊」「回天隊」と命名される。

二七	神奈川（足柄上郡）、愛知県（伊良湖岬附近及び渥美郡）、静岡（土肥郡）、和歌山県（西牟婁郡）に少数機、雲上より爆撃。
三〇	海軍の第一御盾隊、片道特攻でサイパンに突入。同時に第二独飛の九七重三も空爆を行う。B29三撃破。少数機、沼津、浜松を爆撃。被害なし。
一二・六	一一〇戦隊の四式重八、七〇四空の

一式陸攻五、サイパン爆撃。Ｂ29全損三、大破三以上、小破二〇。

一二・七　午後、東南海地震発生。大阪、静岡、愛知、三重等二府十三県に被害。死傷者二千二百九十二。

一三　午後、Ｂ29七～八〇機、名古屋を初空襲。目標は三菱名古屋。被害大。

一八　一三〇〇～一五〇〇、約七十機、三菱名古屋を爆撃。撃墜一七(不確四)、撃破四〇以上、損害六。

二二　一三〇〇～一五〇〇、約百機、三菱名古屋爆撃。被害小。撃墜二〇内外(不確四)、撃破二〇以上、損害四。

二五　第七戦隊の四式重三、七六二空の銀河五、サイパン爆撃。Ｂ29完全破壊二、撃破十三。損失一。

二七　午後、五十機、中島武蔵を爆撃。被害小。撃墜一四(不確五)撃破二七、未帰還四(渡辺少尉他体当たり二)。

昭和二十年	
一・九	一三三〇～一五〇〇、約三十機、中島武蔵を爆撃。被害小。撃墜一一、撃破四、損害五（体当たり四）。
二七	一四〇〇～一五〇〇、約七十機、都内を爆撃。被害相当。撃墜二二、撃

一・三	一四〇〇～一五〇〇、名古屋に五十七機、大阪に四十機来襲。被害相当。撃墜一七（不確四）撃破二五、損害二。
九	一三三〇～一五〇〇、約四〇機、名古屋、近畿を爆撃。
一四	一四三〇～一五三〇、約六十機、三菱名古屋を爆撃。伊勢神宮（外宮神苑）にも着弾。被害軽微。撃墜九、撃破三四、損害一。
一九	一三三〇～一四三〇、約八〇機、川崎明石工場を爆撃。被害甚大。一部関東に陽動あり。撃破二三、損害三。
二三	一四三〇～一六〇〇、約七十機、三菱名古屋を爆撃。被害小。撃墜一三、撃破五十、損害六。

	破大半。損害一二（体当たり九）。
二・一六	〇七一五〜一五四〇、艦載機約九百四十機、各軍飛行場を爆撃。撃墜陸軍九〇、海軍五五、撃破陸軍五〇、損害陸軍三四、海軍二六、地上にて大破炎上七一。
一七	〇六四二〜一二四〇、艦載機約五百九十機来襲。撃墜三六、撃破一八、損害一四。
一九	一四四五〜一五四〇、B29約百五十機、市街地を無差別爆撃。撃墜

二・四	午後、八十五機、神戸、十五機、三重・松坂を爆撃。被害相当。撃墜六、撃破三十以上、損害三。
一〇	午後、約九十機、中島太田工場を爆撃。被害大。撃墜一五、撃破相当、損害七。
一五	午後、約六十機、三菱名古屋爆撃。被害中。撃破一七、損害一。
二・一九	米軍、硫黄島に上陸開始。

二一、損害四。

二五　午前中、艦載機約六百機来襲。一四二〇〜一五五〇、B29百七十二機、都内を焼夷弾攻撃。十九万戸焼失。

三・四　〇八三〇〜〇九三〇、約百五十機、市街地を爆撃。被害相当。

一〇　〇〇〇〇〜〇二三〇、約百十機市街地を焼夷弾攻撃。二十七万戸以上焼失、死傷者十万。(東京大空襲)

三・一一〜一二　夜、名古屋に二百八十五機来襲。全焼二万六千戸、死者五百。撃破二〇。

一三　夜、大阪に二百七十四機来襲。全焼十三万五千戸、死者四千。(大阪大空襲)。撃墜二、撃破一三。

一六　夜、神戸に三百七機来襲。被害小。

一七　硫黄島玉砕。

一八　〇六〇〇〜一七一五、艦載機約

四・二　〇二〇〇〜〇三〇〇、約五十機、中島武蔵、立川付近を爆撃。被害軽微。撃墜二〇程度、撃破一〇。

四　〇一〇〇〜〇五〇〇、約九十機、京浜地区を爆撃。横浜は壊滅的打撃を受ける。邀撃は濃霧のため海軍機の一部しか行えず。撃墜三、撃破一〇。

七　午前、B29約九十機、初めてP51三十機を伴って来襲。撃墜一四、

千四百機、九州南部飛行場、四国、和歌山に来襲。

一九　〇六三五〜一六四〇、艦載機約千百、阪神地区飛行場、瀬戸内海艦船、九州地区飛行場を攻撃。

夜、B29約二百九十機、名古屋を爆撃。被害小。

二五　夜、約百三十機、名古屋を爆撃。

四・一　米軍、沖縄本島に上陸開始。

七　午前、B29百五十機、P51三十機、名古屋を爆撃。撃墜一六、撃破

撃破四〇、損害一一（体当たり五）。

一二　一〇〇〇〜一一〇〇、B29及びP51約百機、中島武蔵を爆撃、被害相当。

一三〜一四　二二四〇〜〇一四〇、約百七十機、帝都北西部を爆撃。宮城、大宮御所、明治神宮にも被害。撃墜三八。

一五〜一六　二二〇〇〜〇〇五〇、約二百機、大森区、蒲田区、川崎市を爆撃。被害甚大。

一九　一〇〇〇、P51六十機、単独で関東の各飛行場を攻撃。被害軽微。撃墜一、撃破一。

二四　午前、百二十機、立川を爆撃。撃墜三、撃破二〇。

四〇。

鈴木貫太郎内閣成立。

一二　五十機、郡山の工場地帯を爆撃。米・ルーズベルト大統領死去。後任トルーマン副大統領。

一六　一二三〇〜、九州南部の各飛行場を戦爆連合約百機が攻撃。沖縄戦に伴い、これ以降九州各地の都市及び飛行場に対する攻撃が激化。一七日午後、百機、二一日午前二百機、二二日午前百七十機、二六日午前百機、二七日午前百四十機、二八日午前百三十機、二九日午前百機、五月三日午後九十機、夜十五機、関門海峡に機雷投下、四日午前五十

三〇	B29及びP51約百機、立川、厚木、平塚、浜松を爆撃。撃破三。
五・二四	約五百二十機来襲。撃墜二〇以上、撃破二〇以上。
二五〜二六	四六四機襲来。撃墜四七、撃破二〇。皇居も炎上し、帝都は完全に焦土と化す。

	機、五日六十六機、呉に百十五機、七日午前六十機、八日午前三十機、一一日午前二十機、一三日終日艦載機九百二十機、一四日終日艦載機七百二十五機、一五日午後百機。
五・一四	名古屋に四百七十二機。
一七	名古屋に四百五十七機。
二九	京浜地区にB29約五百機、P51約百機。撃墜一八、撃破四二以上。
六・一	午前、大阪北部に約四百五十八機、撃墜二四、撃破三〇。
五	午前、神戸に四百七十三機、撃墜三〇、撃破五〇。
七	大阪北部、尼崎に四百九機。

九	午前、尼崎、明石に約八十五機、名古屋に四十五機。
一五	大阪北部、尼崎、西宮、神戸、和歌山に四百四十四機。米軍は、これより地方中小都市攻撃に移る。
二一	沖縄の日本軍全滅。
八・一	川村春雄大尉（一八戦隊・航士五五）による最後の体当たり（生還）。
八・二	〇〇〇〜、百七十四機、富山を爆撃。二万五千戸、市街地の九九・五%が焼失、死傷者一万以上。広島・長崎を除くと、地方都市への空襲としては最大の被害となった。
六	広島に原子爆弾投下される。
九	長崎に原子爆弾投下される。
一五	終戦の大詔渙発。

（註）戦果などの数字は主として大本営発表による。そのため陸海軍の合計になっている。

性能諸元 「屠龍」とB29

	キ45改「屠龍」 丙型丁装備機	B29
全　　幅	15.02m	43.10m
全　　長	11.00m	30.18m
主翼面積	32.00㎡	161.50㎡
発動機	三菱一式（ハ102） 空冷複列星形14気筒 950~1,080Hp×2	ライトサイクロン18型 空冷二列星形10気筒 2,200Hp×4
プロペラ	金属製可変ピッチ3翅	金属製4翅ハミルトン定速型
自　　重	4,000kg	33,800kg
全備重量	5,500kg	54,400kg
最大速度	550km/h	550km/h （高度7,600mにて）
航続距離	2,000~2,260km	5,230km
実用上昇限度	10,000m	10,250m
武装	37mm砲×1 （胴体右下又は機首固定） 20mm砲×2 （胴体中央斜め上向き固定）	12.7mm機銃×10~16 爆弾搭載量 4,500kg（正規） 9,100kg（最大）
乗　　員	2名	9~14名
備　　考	生産機数 各型合計1,690機	

「屠龍」

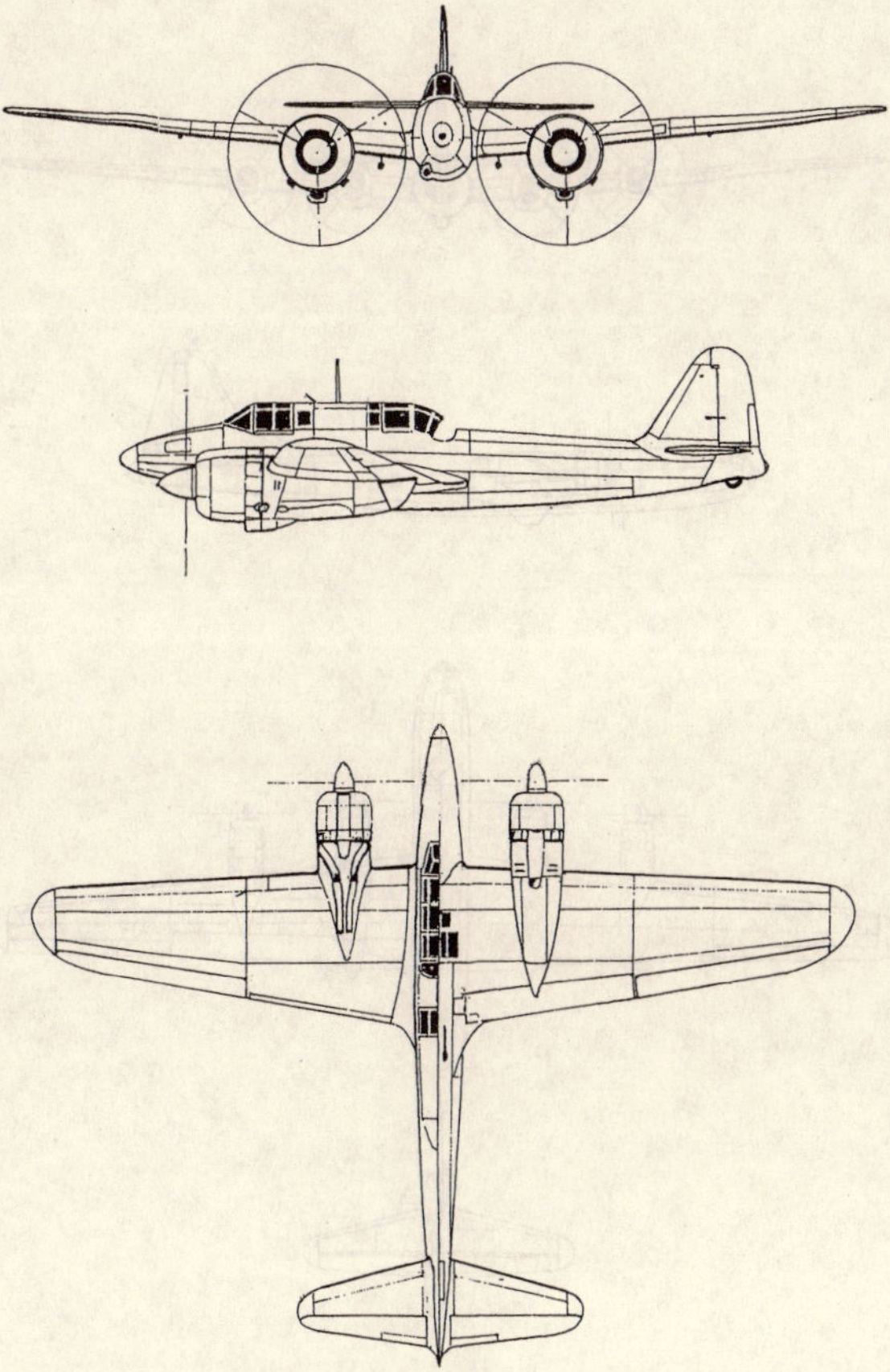

B29

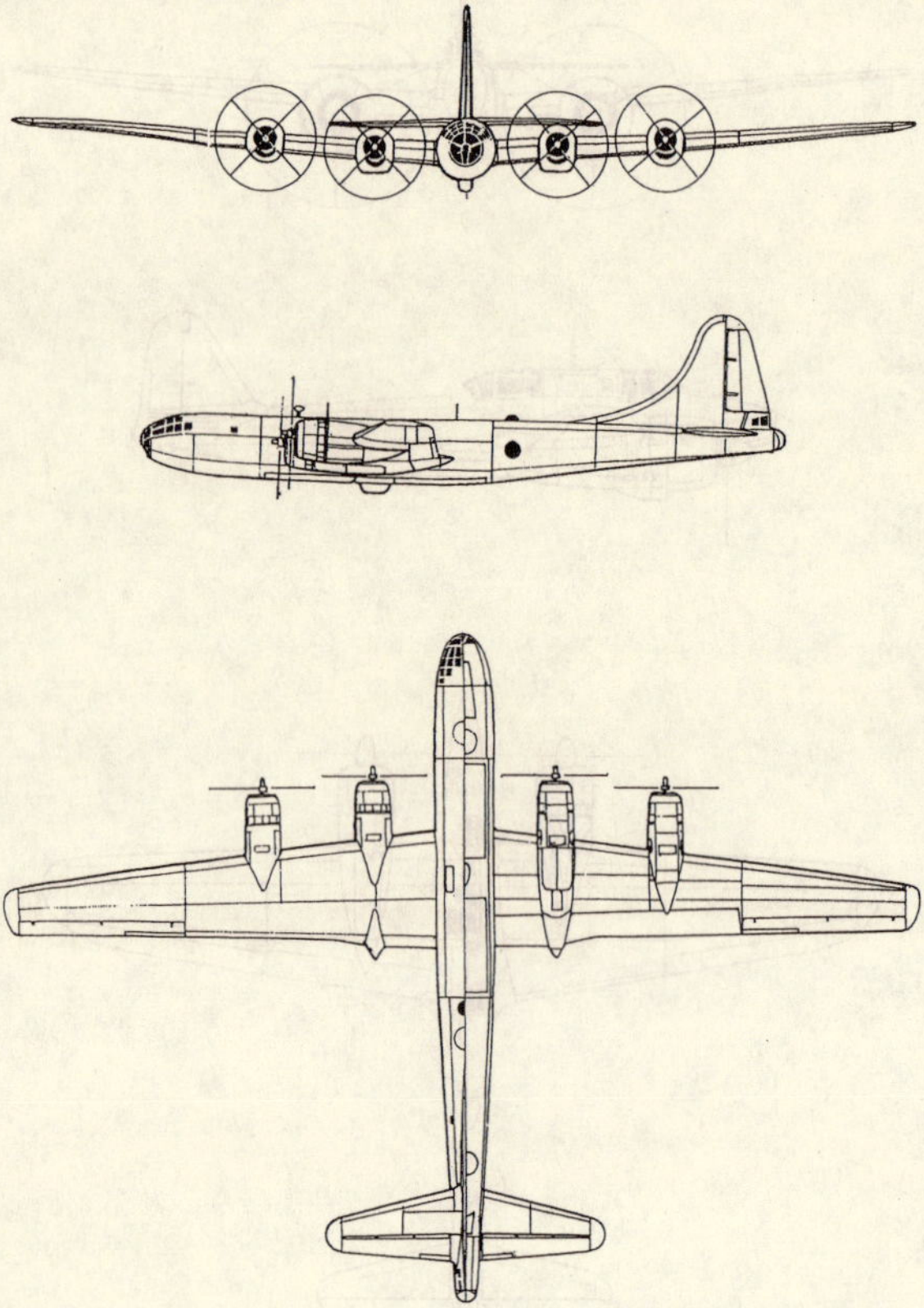

【参考文献】伊藤正徳『帝国陸軍の最期』I～V　東京・文藝春秋社　一九六二他＊樫出勇『B29撃墜記』東京・光人社（NF文庫）二〇一一・一二＊鎌ヶ谷市郷土資料館『鎌ヶ谷市史・資料集17（近現代聞き書き）』千葉・鎌ヶ谷市教育委員会　二〇〇八・三＊木俣滋郎『幻の秘密兵器』東京・光人社（NF文庫）二〇〇四・一〇＊木俣滋郎『陸軍航空隊全史』東京・光人社（NF文庫）二〇一三・一〇＊宮内庁『昭和天皇実録』九・十東京・東京書籍二〇一六・九＊特操一期生会『特操一期生史』（自費出版）一九八九・一〇＊原田良二『帝都防空戦記』東京・図書出版　一九八一・四＊防衛省防衛研究所戦史資料室蔵　第一復員局資料整理部『航空特攻作戦記録ノ概要（未定稿）』一九四五・八・一〇＊防衛省防衛研究所戦史資料室蔵　防空情報室『昭和十九年十一月以降米機本土来襲状況』＊防衛庁防衛研究所戦史室編『戦史叢書』各巻　東京・朝雲新聞社＊渡辺洋二『記録写真集・日本防空戦（陸軍編）』一九八〇・一〇

【資料の提供を頂いた方々】（五十音順・敬称略）＊海上自衛隊第3術科学校研究部＊昭文社＊陸上自衛隊松戸駐屯地需品学校総務部総務課広報班＊青木恒之＊青木満＊田中泰宣＊増山貴美子

著者あとがき

二年ほど前のことになりますが、本文中にも名前の出てこられる模型作家の友人・田中泰宣氏から連絡を頂きました。内容は、「妹の義理の父が昨年末に亡くなったが、戦時中『屠龍』に乗っていた人で、アルバムがある。一度見てほしい」ということでございました。

そこで早速、青木氏のお宅を訪ねて、見せて頂きましたところ、四冊のアルバムに収められていたのは、帝都防衛のために、「文字通り」命を懸けて戦っておられた、若い人たちの「日常の」姿でした。

またもう一つ驚きましたのは、当時の「日記」が残されていたことです。そちらに書かれていたのは、特攻を命じられ、「体当たりしてでもこのB29を墜とさなければ、爆弾の雨の下、何百人、何千人の人が死ぬのだ」という純粋な気持ちで、一日一日を「これが最期だ」と思って過ごしていた、青木氏の真情でした。

こうした特攻隊員の心情については、さまざまな映画や本などでも取り上げられてはいますが、その多くが戦争というものを知らない、偏向教育のフィルターをかけられているのではないでしょうか。

当事者の回想にこそ真実があるはずで、（私を含めて）実情を知らない人間が、思想や政治信条で勝手な脚色をすることは、その人に対する非礼になるばかりでなく、それこそ歴史の歪曲になると思います。

これらの写真や日記の一部は、既に他の写真集や著書に発表・引用されたものもあります。

しかし、あくまでも「ほんの一部」にすぎませんでした。

そこで、今回、でき得る限り多くのものを、元々に近い形で出させて頂くことに致しました。

それによって、少しでも、そうした人々の本当の姿や真情を後世に残すことができれば、と思っております。

最後になりましたが、このきっかけを作って頂きました田中泰宣様、貴重な資料をご提供頂きました青木恒之様、アルバムのデータ化と復元にご協力頂きました㈱上田写真加工舎社長上田耕太郎様、本書の出版を快くお引き受け頂きました㈱元就出版社社長濵正史様に厚く御礼を申し上げます。

終戦七十年の年に

白石　良

改訂版のあとがき

二年前に『特攻隊長のアルバム』の初版を出させて頂きましたところ、ちょうどその年が終戦から七十年にあたっていたこともあり、『芸術界』はじめ産経新聞など、さまざまなところが取り上げて下さいました。そして多くの方々から、反響やご意見を頂戴しました。その中には、青木隊長の御令弟の青木満様からの、「そういえばこのようなこともあった」という新たな証言、二塚の家から出てきた新資料もございました。また、これはおかしいのではないか、というご指摘を下さった方もいらっしゃいました。

そこで、このたび、そうしたものをもとに、改訂版を出させて頂くことと致しました。初版よりは正確を期すことができたのではないか、と思っております。

資料や証言をご提供頂きました皆々様に感謝致しますとともに、再版にあたりましてもいろいろとご尽力頂きました㈱元就出版社社長濵正史様に、厚く御礼を申し上げます。

平成二十九年七月

白石　良

単行本　平成二十八年八月「特攻隊長のアルバム〈改訂版〉」改題　元就出版社刊

NF文庫

特攻隊長のアルバム

二〇一九年三月二十二日 第一刷発行

著者 白石 良

発行者 皆川豪志

発行所 株式会社 潮書房光人新社

〒100-8077 東京都千代田区大手町一-七-二

電話／〇三-六二八一-九八九一(代)

印刷・製本 凸版印刷株式会社

定価はカバーに表示してあります

乱丁・落丁のものはお取りかえ致します。本文は中性紙を使用

ISBN978-4-7698-3110-5 C0195

http://www.kojinsha.co.jp

NF文庫

刊行のことば

第二次世界大戦の戦火が熄《や》んで五〇年――その間、小社は夥しい数の戦争の記録を渉猟し、発掘し、常に公正なる立場を貫いて書誌とし、大方の絶讃を博して今日に及ぶが、その源は、散華された世代への熱き思い入れであり、同時に、その記録を誌して平和の礎とし、後世に伝えんとするにある。

小社の出版物は、戦記、伝記、文学、エッセイ、写真集、その他、すでに一、〇〇〇点を越え、加えて戦後五〇年になんなんとするを契機として、「光人社NF（ノンフィクション）文庫」を創刊して、読者諸賢の熱烈要望におこたえする次第である。人生のバイブルとして、心弱きときの活性の糧《かて》として、散華の世代からの感動の肉声に、あなたもぜひ、耳を傾けて下さい。